書下ろし

死者ノ棘《とげ》 黎《れい》

日野 草

祥伝社文庫

目次

最後の旅

——死こそ望ましく、生はいまわしい
（『ファウスト』）

人生は死に方で決まる。

梶原雄吾《かじわらゆうご》は掌《てのひら》にのせた薬を眺《なが》めながら、その言葉を何度も心の中で繰《く》り返していた。

薬は透明な荒い粒状で、ビニールパウチの中に入れてある。

シアン化カリウム――青酸カリ。こんなものがインターネットで買えるのだから、本当に便利な世の中になったものだ。

この薬を耳かき一杯程度飲めば一瞬で死ねると聞いている。それなら苦しまないだろう。彼女がしたことを考えれば、思い切り苦しめて死なせるのが道理だと思うのだが、それでも苦悶《くもん》する妻の表情を想像すると気が引けて、いちばん楽に死なせることができる方法を探した。

たどりついた答えが、この薬だった。これを飲ませて妻の命を絶つ。もちろん一人では死なせない。雄吾自身も、妻が死ぬのを見届けたら、おなじ薬を飲むつもりだった。

子供の笑い声が聞こえ、雄吾は顔を上げた。

雄吾が腰かけているのは、京都の観光名所のひとつ、壬生寺《みぶでら》の石段である。観光客なのか近所の住人なのか、母親に手を引かれた男の子が楽しげに境内《けいだい》を横切っていった。

俺にもあんな頃があった。

不意に空気が冷たくなった気がして、雄吾はコートの襟《えり》を掻《か》き合わせた。

冬の寒さは人生の終盤によく似合う。

雄吾があの少年くらいの年の頃、世界は春の色をしていた。成長して自由な夏を謳歌《おうか》し、人の親となった実りの秋を過ごし、そして気が付けば老いが迫る灰色の冬である。せめてもういちど人生の桜を見ようと気張ったが、その結果がこれだ。

「……思い知ればいいんだ」自分の耳にすら聞こえるかどうかという声量で呟《つぶや》き、手の中のビニールパウチを揉《も》んだ。「俺の気持ちを、思い知ればいい」

憎しみを込めた言葉のはずなのに、なぜか涙で視界が歪《ゆが》む。目元を拭《ぬぐ》おうとしたとき、手元にふっと影が差した。

「あんたそれ、飲む気か？」

頭上から降って来た声に雄吾の尻《しり》が浮いた。

急いで顔を上げる。

いつの間に現れたのか、すぐ横に一人の男が立っていた。

若い男だ。まだ三十にはなっていないだろう。癖《くせ》のある黒い髪と穏《おだ》やかな表情が印象的だが、眼差《まなざ》しは醒《さ》めている。赤いダウンジャケットの前は全開で、下に着ているネルシャツが丸見えである。灰色のデニムと黒いスニーカーに包まれた脚はしなやかだ。

そんな形《なり》をしているくせに、左手には時代を感じさせる旅行鞄《トランク》を提《さ》げていた。

見たことがない男である。

呆気《あっけ》にとられた雄吾に、男はやさしく続けた。

「飲む気だったらやめておけ。粗悪品だぞ、きっと」

「いや、……え？」

戸惑いながらも逃げ出さなかったのは、男の声に惹《ひ》かれたからだ。少し低い声は不思議な深さを帯びていて、もっと聞きたいと思ってしまう。

「どうせネットで買ったんだろう。馬鹿だなあ、あんなところで本物を売っていると思うのか？　確実に死にたいなら刃物を使うか首吊《つ》りにしろよ。古典的な方法こそベストなんだぜ。なにしろ昔から大勢が試《ため》してきたんだからな」

物騒な台詞《せりふ》を吐《は》くなり、男は雄吾の手からビニールパウチを取り上げた。

「返してください！」

飛びつこうとした雄吾を、男は旅行鞄を振って追い払った。雄吾の鼻先を飴《あめ》色の角が掠《かす》め、雄吾はうわっと叫《さけ》んで仰《の》け反《ぞ》った。

「ふん」男はビニールパウチを太陽に透《す》かした。「ああ、こいつは……」

男は口角《こうかく》の片側だけを持ち上げる独特な笑みを浮かべると、突然ビニールパウチを破いた。

「あっ！　何を」

叫んでいる間に、男は旅行鞄を足元に置き、左手の指先を突っ込んだ。

その様子を見た雄吾の喉《のど》が音を立てた。男の左手の人差し指の爪《つめ》が、艶のある漆黒《しっこく》だったからだ。マニキュアでも塗《ぬ》っているのだろうが、おしゃれというには、妙に心をざわつかせる色だった。

男は黒い爪の先端で粒を掬《すく》い、舐《な》めた。

今度こそ雄吾は立ち上がり、男の手首を掴《つか》んだが、そのときにはもう男の舌は口の中にしまわれていた。

「うん、やっぱりな」のんびりと笑う。「おいあんた、こいつはザラメだぜ」

「……ザラメ？」

「ただの砂糖だよ。粗悪品どころじゃねえ、偽物《にせもの》もいいとこだ。あんたこいつにいくら出した？　今頃相手の口座も閉じられて、行方《ゆくえ》は追えなくなっているだろうよ」

「そんな、嘘《うそ》だ」

思わず言うと、男は親指の先端をビニールパウチに突っ込み、指先につけた粒を雄吾の口に押し込んだ。口に侵入した指の感触に驚いて飛び退《の》いた雄吾だったが、直後に舌先が甘さを感じ、恐る恐る舌を口の中で動かしてみた。

粒はすぐに溶《と》け、舌の上に覚えのある甘さが広がる。なにより、味わっても何の苦しさも感じない。

「な？　ザラメだろ」

男は悠々《ゆうゆう》と笑っている。

雄吾の膝《ひざ》から力が抜けた。石段に尻の端《はし》をぶつけつつ、その場に座り込む。

ただの砂糖……あれだけ悲壮な決意をし、安くない金を払って、バレたら警察に捕まるのではないかと怯《おび》えたのに……。

小さな音が雄吾の喉から漏《も》れた。

泣き出してしまったのかと慌《あわ》てたが、どうやら笑い声のようだ。自分が笑っている自覚も持てないまま、雄吾は肩を震わせ続けた。

雄吾と向かい合うように、男が膝を折った。

「あんた、死にたいのか」

絶望がひどすぎたせいかもしれない。

気が付くと雄吾は、首を横に振っていた。

「じゃあ……誰かを殺したいのか？」

背中が揺れた。

違うと叫ぶために顔を上げたが、こちらをまっすぐに見る男の目に雄吾は否定が無駄であることを悟った。

本当に、なんてことだろう。

頑張《がんば》りが報《むく》われなかった人生の最後に勇気と悪意を振り絞《しぼ》って殺人を決めたはずなのに、それがこんな形で終わるなんて。

「……れば――」

「うん？」

「どう、すれば、黙っていてもらえますか……？　お金なら、出せるだけ出しますよ」

そういえばと、このときはじめて疑問に思った。

この男は何者なのだ。

突然話しかけてきて、しかも一目見ただけで雄吾が持っていたビニールパウチの中身を当てた。そのうえ、雄吾が死を思っていたことまで見破るなんて。

改めて男の全身を眺めた。だが、警察関係者にはもちろんのこと、カウンセラーや補導員にも見えない。芸術家の類《たぐい》と見えなくもないが、それにしては何かがひどく『ずれて』いる。

男は唇《くちびる》の片側だけを吊り上げて笑った。

「くだらんな。そんなもの、おれには何の価値もない」

旅行鞄とおなじ、時代がかった喋《しゃべ》り方だった。

「じゃあ、何が――欲しいんです……?」

自分で口にした質問が、雄吾の古い記憶を引っ張り出した。

大学時代に読んだファウスト博士の物語。天才であるがゆえに人間らしい幸福を感じることができないファウストは、悪魔メフィストフェレスと取引をする。束《つか》の間《ま》の幸せと引き換えに悪魔メフィストフェレスが要求したのは、ファウストの魂《たましい》だった。

「あんた、人を殺したいんだな?」

答えなかったが、男はそもそも返事を期待してはいなかったようだ。

「だったら早くしたほうがいい。あんたは明日の夜明け前に死ぬ」

「死ぬ?」声が上擦《うわず》った。

「そう」男は頷《うなず》いた。「だから殺したいなら今日中にやれ。それとも、事情があってもっとあとじゃないと殺せないか？　それなら手を貸してやってもいい」

「手を貸すって——俺の殺しに、ですか」

思わず声を潜《ひそ》めたが、返って来たのは予想外の一言だった。

「いや、あんたが生き延びるのに」

雄吾の口が開いたが、声は出せなかった。

男は真面目《まじめ》に提案を続ける。

「死にたくないなら、死なない方法がある。もしあんたが乗るならだが。もちろん明日の朝日が昇る前に死にたいというのならそれでも構わない。どうする？」

雄吾は固まったまま、呼吸をすることさえ忘れた。

そんな雄吾を男はじっと見つめている。あたりの日差しを忘れるほど、男の目は暗かった。

「あなたは……誰、なんです」

男は薄く笑った。

「おれはタマオ。玉座《ぎょくざ》の玉に、い、い、いとぐちという意味の緒と書く」

玉緒《たまお》という名前であるらしい悪魔はビニールパウチを肩越しに放り棄《す》て、立ち上がった。

「来い。見せてやる」

身を翻《ひるがえ》した男のあとを、雄吾はふらふらとついていった。

途中、壬生寺の隣の鶴壽庵《かくじゅあん》という和菓子屋の前を通るときだけ、ほんの少し時間をかけて店先を眺めた。この和菓子屋は八木家《やぎけ》といって、幕末の頃に新選組《しんせんぐみ》の屯所《とんしょ》に使われていた建物だ。今は内部が見学できるようになっており、大勢の人が出入りしている。だが店先に雄吾の心をかき乱す人物の姿はなかった。きっとまだ建物の中なのだろう。

男は細い路地を抜け、車が行き交う大通りへと出た。

「ちょうど良かった。これからだからな」

その意味を聞こうと男を見ると、男は目で大通りの斜め向かいを示した。

雄吾が視線の先を追うと、反対車線側には人待ち顔をしたパンツ姿の中年の女がいた。とりたてて目立つ姿ではなく、両手に荷物もない。

「あの……何です？」

「見てろ」男は有無《うむ》を言わせない口調で言った。「もうそろそろだ」

不思議に思いながら女性のほうに顔を向けると、ちょうど自転車が近くを通りかかったところだった。食材で膨らんだスーパーの袋をカゴに入れた女だ。細身で、遠目にも美しい顔立ちをしているのがわかる。明るい色のスカートから伸びる脚の白さが眩《まぶ》しい。

「カワサキさん！」

最初からそこにいたパンツ姿の女が、大きな声を出した。

名を呼ばれた女が驚いたように自転車を停《と》める。

パンツ姿の女は大声で話し続けている。

「久しぶり！　偶然ねえ、こんなところで会うなんて！」

自転車の女も、驚きを浮かべつつ何かを答えた。どうやら知り合いらしいが、なぜ道路の反対側まで届く声で話しかけているのかわからない。

二人はそのまま二言三言、言葉を交わした。

ただの主婦同士のやりとり——そう見えた雄吾が首を捻《ひね》ったそのとき、不思議なことが起きた。

呼び止めたほうの女が、カワサキという名前であるらしいもう一人の女の腕を摑むと、その手首にいきなり口をつけたのだ。

さりげない動きだった。

はじめから二人に注目していなければ見止めることはできなかっただろう。女たちは一瞬の接触のあと、すぐに離れた。

パンツ姿の女は呆然《ぼうぜん》と硬直し、カワサキという名前であるらしい女はいそいそと自転車で走り去った。残された女のほうは自分の顔に触れ、口を開けると、せわしなく自分の体を撫《な》で始めた。

一体何事だろうと、雄吾は前へ踏み出した。

「危ないぞ」

歌うように男が言ったそのときだ。

雄吾の視界を、赤いものが猛スピードで横切った。

乗り手がいないバイクだとわかった瞬間、バイクは歩道で立ち尽くしていたパンツ姿の女を撥《は》ねた。

「あっ……！」

雄吾が声をあげたときには、女の体は放物線を描いて跳《は》ね飛び、歩道の電柱に腰から激突してくの字にひしゃげた。

色とりどりの悲鳴が周囲を包む。雄吾も叫んでいた。女の体は束の間、電柱に貼りついていたが、やがてずるずると地面へ落ちて行った。電柱の側面はトマトを潰《つぶ》したような赤い色で染まっていた。

咄嗟《とっさ》に駆け寄ろうとした雄吾の襟首《えりくび》を男が摑んだ。振り返って男の顔を見た雄吾の背筋が一瞬にして冷える。

男は笑っていた。できそこないのピエロの面のように、不自然に両方の口角を吊り上げて。

「来い」

そのまま路地を引きずられて行くと、男は人けのない小さな神社の境内《けいだい》で足を止めた。

「今のは、何なんです」雄吾は大通りがあるほうを見つめた。耳を澄《す》ますと、救急車のサイレンが聞こえる。「あんな、ひどい事故——どうして誰も乗ってないバイクが……」

瞬《まばた》きをして、今見たことを反芻《はんすう》する。男に引きずられて大通りを離れる間際《まぎわ》、車道の隅《すみ》にヘルメットをかぶった男が倒れていたのを思い出した。身をよじり、悶《もだ》えるふうだったが、あれがもしかしたらバイクの運転手だったのかもしれない。

車道を走行中に何らかの理由で落ち、バイクだけが暴走したのだ。

「そいつはな、さっきの女があの時間に死ぬことが決まっていたからさ」

雄吾の脳裏を、人待ち顔で佇《たたず》んでいた女の姿が過《よぎ》った。

「……どういう、ことですか」

雄吾がゆっくりと男を見ると、男も雄吾を見返した。

若い顔に似合わない乾いた目だ。底なしの暗闇を覗《のぞ》いているようで背筋が寒くなり、雄吾はそっと視線を逸らした。

そのとき男の右手が動き、デニムのポケットから何かを取り出すのが見えた。

直視する勇気がなかった雄吾は、横目で男の手元を見た。

黒い表紙の手帳を開き、重厚な万年筆で何かを書き付けている。

そっと微笑《ほほえ》むと、瞳《ひとみ》の暗闇が揺れた。

「おれには人の死期が視《み》える。だから、あんたが明日の夜明け前に死ぬこともわかる」

万年筆を動かし終えた玉緒は手帳と一緒にポケットにしまった。

雄吾は何も言えずに立ち尽くした。

「人は死ぬときが近づくと、体から魂がはみ出すんだ。そのはみ出している部分の多さで大体の残り時間がわかる。おれにはそれが視えるというわけだ。さっきの女はあのとき死ぬことが決まっていた。死ぬ時間になると何をしていても終わりだ。眠っていても、自宅でおとなしくしていても、どんなに防御しようとしても無駄。必ず息が絶える」

「そんな……」ようやく舌を動かせたものの、頭は混乱したままでろくな言葉を紡《つむ》げない。「どうしたって防げないなんて……そんなのあんまりじゃないですか」

「あんまりだよ。人生だからな」

雄吾は玉緒の言葉を噛み締《し》めた。

「さっきのは」瞬《か》きをするたびに、瞼《まぶた》の裏に記憶が映像となって現れる。パンツ姿の女はもう一人の女の手首に、なぜ口づけたんだろう。「何か、しませんでしたか。あれは、一体……」

「魂を移し替えたのさ」

雄吾の思考が完全に止まった。

玉緒の、暗闇を溜めた目はほのぼのと笑っている。

「それにはこいつを使う」玉緒は左手を、甲を向けて顔の高さに掲げた。「この爪で人間の舌を刺す。するとそこから棘《とげ》が生える。魂の渡橋《わたりばし》になる棘だ。そいつで入れ替わりたい相手の体を噛めば肉体を手に入れることができる」

大急ぎで自転車を漕《こ》いで立ち去る女と、とんでもない事態に巻き込まれたかのように自分の体をまさぐっていた女。

「いや、でも。まさかそんなこと……」

「多くの人間が誤解しているが、人の寿命ってのは体の寿命なんだ」玉緒は提げている旅行鞄を見下ろした。「体が死んだらすべてが終わる。魂っていうのは肉体を動かすための動力源にすぎないからな。肝心の体が死ぬと外に出た魂は長くは存在できない。真夏の道路に撒《ま》かれた水みたいに蒸発して、終わる。だが魂を移し替えさえすれば生きられる。どんな魂でも、体の動力にはなるからな」

雄吾は頭《かぶり》を振った。

「いや、そんな。馬鹿なこと」

「嘘かどうか、当事者に訊いてみろ」

玉緒が顎《あご》をしゃくったとき、境内の砂利《じゃり》を踏む音が近づいてきた。

「玉緒さん」

はしゃいだ声の方向を見て、雄吾は思わず悲鳴を上げた。

明るい色のスカートを穿《は》いた美しい女が近づいて来る。鳥居の脇には、見覚えのある自転車が停めてあった。

「わたし、やりましたよ！　ほんとに新しい体が手に入るなんて――あっ」

敷石のうえで跳ねた途端《とたん》、女の体がぐらりと傾いた。

転《ころ》ぶかに見えたがなんとか体勢を保ち、女は恥ずかしそうに苦笑する。

「なんだかまだ、変な感じがして」

「魂が新しい体に慣《な》れていないのさ」玉緒は和《なご》やかに返した。「なに、すぐに馴染《なじ》む」

女はスカートの裾《すそ》を払い、ブラウスの袖《そで》から伸びる腕を撫でた。

「カワサキさんの膚《はだ》は肌理《きめ》が細かいわ。ほんとに良かった」目が雄吾に定まった。雄吾の背筋に震えが走る。「その人は、わたしの次の人?」

玉緒も雄吾を一瞥《いちべつ》した。

「そうなるかもしれないやつだ。なああんた、こいつに、今あんたが何をしたのか話してやってくれ。まだ信じていないんだ」

女は陽気な笑い声をたてた。

「それはそうよね。簡単に信じられることじゃない。でも本当よ。わたしは今、欲しかった昔の同僚の体を手に入れたの。カワサキさんはわたしの体と一緒に死んだわ」

見えない拳《こぶし》に殴られたように視界が揺れた。

「し、死んだ? あんたは、そのカワサキとかいう人に恨《うら》みでもあったのか」

玉緒が鼻で笑い、女は真顔になった。

「ないわ。ただ羨《うらや》ましかっただけ。この人のご主人はやさしくて、子供は優秀で、家も裕福。わたしは一人ぼっちでろくに個性もない。そのうえもう死ぬなんて。どうせ他人の人生を奪えるのなら、恵まれた人の人生が欲しかった。それだけよ」

「今はあんたがカワサキマサコだろう」玉緒は喉を震《ふる》わせた。

「ええ、そうね。わたしがカワサキマサコ。今日から人に羨まれる素晴らしい人生を送るのよ」女はうっとりと目を細めた。「あなたも頑張ってね。玉緒さんに出会えることは、宝くじに当たるよりもラッキーなことよ。じゃあ、そろそろ子供が学校から帰って来る時間だから行かなきゃ」

「ああ。せいぜい新しい人生を大事にな」

「もちろんよ。本当にありがとう、玉緒さん」

女がスカートを翻して立ち去ると、雄吾はひどい疲労を感じて顔を拭った。

信じられない話だ。あまりにも奇妙で……どうしようもなく魅力的だ。

何度か深呼吸を繰り返して力を回復させ、雄吾はようやく声を絞り出した。

「……本当に、人の魂を移し替えることができるんですか」

「できるよ。もっとも、やるのはおれじゃないがね」玉緒は左腕を伸ばし、日差しの下に黒い爪を翳《かざ》した。いくら光を受けても、人差し指の爪の黒さは透《す》けなかった。「あんたはどうする。もし死にたいならそれでいい。だが生き延びたいなら力を貸すし、完全犯罪も可能だ。あんたの体に移し替えられたやつが罪を背負って死んでくれる。お得な話だろう？」

雄吾は玉緒の黒い爪に吸い寄せられた。

「それと……引き換えに、俺は何を差し出せばいいんですか？」

「娯楽をくれ」

雄吾が意味を尋ねると、玉緒は歯を見せて笑った。

「人の選択ほど面白い見世物はないんでね。あんたがおれの提案を受けるのかどうか、受けたとしたらどんな相手と体を交換するのか、それを眺めるのがおれの楽しみなのさ」

ということは、自分は他の誰かと体を交換するときまで、この男に行動を観察されてさえいればいい。そういうことなのか？

「あなたは一体、何なんです」

思わずその言葉を口にした。

「……悪魔、ですか」

玉緒はいちどだけ笑った。

「さて、何だろうね」わざとらしく頭を左右に傾ける。「いろんな名前で呼ばれるからおれにもわからなくなったよ。で、答えは？　断ってもいいぜ。おれは誘導しないからな」

息を呑《の》んで、雄吾は足元を見た。

注ぐ日差しは弱々しいが豊富で、池のように地面に溜まっている。その眩《まぶ》しさに目を閉じたとき、自分の本音が見えた。

「……考える時間をもらっても、いいですか」

「かまわんよ。その迷いが面白い」

雄吾は曖昧《あいまい》に笑った。

すぐには決められない理由を知ったら、この悪魔はどんな顔をするだろうか、と思った。

＊

最初はくだらない意地だった。

二十年連れ添った妻から離婚を切り出された。二年前のことだ。一人息子が大学に合格した日に、別れようと告げられた。

雄吾にとっては青天《せいてん》の霹靂《へきれき》で、感情的になって妻に説明を求めた。

妻は乾いた声音《こわね》で雄吾に対する不満を語ったが、そのどれもが雄吾から見れば、どんな夫もごく自然におこなっていることだ。休日にごろごろしてばかりいるとか、息子が幼い頃に子育てに協力しなかったとか。だが雄吾は家族のために毎日一所懸命に働き、浮気もせずに生きてきた。妻の不満は傲慢《ごうまん》というものだ。そんな妻と別れることに未練《みれん》はなかったが、意外にも息子は妻の肩を持った。そんな二人の様子に、雄吾は一人残される中年男になった自分を嘲笑《あざわら》われている気分になった。

見返してやらなければならない。

そうしないと、雄吾は不幸になる。不幸になることは負けることだ。許すものかと奮起した。

再婚相手を探すことにしたものの、相手は別れた妻に自慢できる女でなければならない。

若く、やさしくて、雄吾の老後の面倒を見てくれる女だ。そういう女を手に入れれば、妻だけでなく、世間の人々も雄吾を見直すだろう。

最初は結婚相談所、次にインターネットのお見合いサイトに登録した。

離婚の際に慰謝料などは発生せず、自宅は雄吾のものになっていた。貯金もある。その旨《むね》を書き込み、二十歳近く年下の女性たちにアプローチした。

最初はさんざんだった。返事はないか、あっても丁寧《ていねい》な断りの文句ばかり。だが雄吾は諦《あきら》めなかった。苦労の果てに家族から突き放されたのだ。その傷を埋めるだけの大きな幸せを手に入れなければ人生の採算が取れない。

三か月ほどが経《た》った頃だろうか。

一人の女性から返信がきた。

相手は狭川美雪《さがわみゆき》という三十代半ばの女性で、プロフィール欄《らん》の写真はやわらかい面差《おもざ》しが可愛《かわい》らしかった。

――わたしにも離婚歴があり、ずっと一人でいましたが、最近また新しい人生を考え始めました。もし良かったらお会いしませんか？

何度も考えたのかもしれないと想像できるような、気遣いとやさしさに満ちた文面。雄吾はすぐに飛びついた。実際に会った美雪は写真で見るよりも地味で、話をしようとテーブルで向かい合うと、緊張しているのかずっと目を伏せていた。雄吾は美雪の、そんな気弱なところに惹かれた。別れた妻は物をはっきりと言うタイプで、家庭を動かしていく上では頼りになったが、男女として寄り添うにはこのくらい柔らかな女がいいと思ったのだ。

美雪の話によると、まえの亭主はひどい男だったらしい。美雪を働かせ、自分は遊んでばかり。それでいて外に女を作り、離婚に至った。雄吾は会ったこともない美雪の元夫に怒った。こんな誠実な女性を泣かせるなんて、なんというクズだろう。俺は決してそんなことはしない。

……だがそんな正義の怒気のうしろに、もうひとつの感情がうごめいているのを、雄吾は気づいていながら見ないふりをした。

やさしく、可愛らしい、若い女。

この女は前夫と離婚していなければ、俺の手元にこなかった。ありがとう、クズ男――。

雄吾は美雪をリードし、プレゼントも贈り、つきあって一か月後にはプロポーズをした。ようやく雄吾をまっすぐに見てくれるようになっていた美雪は、涙さえ浮かべて頷いてくれた。

これでいい。美雪を手に入れた直後、雄吾は心の中でガッツポーズを取ったものだ。この女は俺が我慢と苦労の果てに捥《も》ぎ取った果実だ。見せびらかしてやる。

真っ先に、元妻と息子に再婚を知らせた。職場の仲間も近所の人間も、特に雄吾と同年代の男たちは雄吾を羨ましがった。若い嫁さんだなんて羨ましいぜ、と冗談めかして雄吾をつつく男たちの目は、どれも本物の殺気が光っていた。元妻からはあっさりとした祝福の言葉が返ってきただけだったが、そのうしろにある嫉妬に気づかないはずがない。

結婚と同時に専業主婦になった美雪はいつもやさしく、雄吾を立ててくれ、雄吾はこの女と再婚するためにつらい離婚を経験したのだ、とさえ思った。

幸せだった。

そしてその幸せは、実の息子がもたらしたたったひとつの知らせで崩壊することになる。


「雄吾さん！」

一人で壬生寺に戻った雄吾に、澄んだ声が呼び掛けた。

その声に雄吾の意識は鮮明さを取り戻した。

こちらに駆けて来る足音に振り返る。

「どこ行ってたんですか？　探しましたよ」

抑揚《よくよう》に富んだ若い声に思わず微笑んでしまい、すぐに頬《ほほ》を引き締める。

目の前まで来た若い女は、雄吾の心をとろかすいつもの甘い笑顔を浮かべた。

「美雪……」

そっと名前を呼ぶと、女が嬉《うれ》しそうに顔を傾けた。

若さに輝くような顔だ。

実際には雄吾より十歳ほど年下なだけなのに、この幼さ。これに雄吾も騙《だま》された。見た目とおなじく中身も純真であると。

ふつふつと湧《わ》いて来た怒りを顔に表さないように、雄吾は拳を握《にぎ》り締めた。

「どうしたの？　何かあった？」

「あっちで、事故があったみたいで。騒がしいから、見に行ってたんだよ」するりと嘘が口から滑り出た。

美雪は形のいい眉《まゆ》を跳ね上げた。

「そうなの……。どこでも事故ってあるのね。それより、次はどうする？」

雄吾は空を見た。まだ太陽は高い位置にある。

「美雪が見たいところで……いいよ」

「ほんとに？　さっきあたしが八木家を見たいって言ったら、『新選組に興味ないから一人で見ておいで』って言ったのに」笑いながら腕を絡《から》めてくる。雄吾の中で、怒りと甘いときめきが混じり合う。「じゃあ、タクシーを拾って清水寺《きよみずでら》に行きましょう」

「清水寺か。いいね」

答えた声が震えないようにするので精一杯だった。

清水寺から産寧坂《さんねいざか》を巡ったが、玉緒が追ってきている気配はなかった。

もしかしたら騙されたのかもしれないと思うときもあったが、そうだとしたら事故の説明がつかない。あるいは人間の目に映らなくする魔法でも使って、身を隠しながらついてきているのだろうか。そして最後に約束した、雄吾が決意を告げるときまで潜んでいるのだろうか。

雄吾はファウストの物語の結末を思い出そうとした。悪魔の誘惑にのった学者はどんな最期を遂《と》げたのだったか……その願いが叶《かな》ったのだったか、忘れてしまっている。

ホテルに戻ったとき時刻は二十二時を過ぎていた。

「おいしかった。いいレストランだったね」

上機嫌な美雪は雄吾の内心を疑う様子もない。

何も知らなければ、いや、知っている今でさえ、無邪気な様子にふと騙されそうになる。

息子が——賢介《けんすけ》がもたらした情報こそが嘘なのではないか。

賢介は幸せを手に入れた父親を困らせるためにあんな嘘を企《たくら》み、嫌《いや》がらせを仕掛けてきたのではないのか。いや、だが、それは最初に考えた可能性だ。こちらもちゃんと調べた。結果は、息子の勝利だった。その瞬間、雄吾はまた、哀れな中年の男という谷底へ突き落とされたのだ。

エレベーターの中で、雄吾は美雪に気づかれないように口元を片手で覆《おお》った。もし玉緒と出会わなかったら、雄吾はこれから部屋へ行き、ただのザラメを毒薬だと信じて美雪に飲ませていただろう。美雪が死ぬところを見てから、雄吾は自分でも残りの薬を飲むつもりだった。それで死のうと思っていたのに、毒薬が偽物《にせもの》だとしたら、なぜ自分は夜明けに死ぬのだろう。

「雄吾さん?」

美雪に問いかけられて、雄吾はエレベーターの扉が開いていたことに気づいた。曖昧《あいまい》に頷いて廊下へ出る。

部屋番号を探して足を進めつつ、雄吾はさっきの続きを考えた。

もしかしたら雄吾は自殺をすることになったのかもしれない。

美雪が死なず、悲壮な決意のもとに買った毒さえ偽物だったことに絶望して、高所を探して飛び下りるなり、手首を切るなり。

だとしたら玉緒は、悪魔どころか救いの天使だ。だが考えてみると、研究ばかりで恋も知らず遊びもわからず歳《とし》を取ったファウストにとって、願いを叶えるために現れたメフィストフェレスは、少なくとも敵ではなかったのではないだろうか。

雄吾は心の中で玉緒に礼を言い、同時に、謝罪もした。

すぐに決められないのには理由がある。

玉緒の提案を聞いたとき、どうしても試《ため》しておきたいことができたのだ。

「わあ、部屋も広いですね」

部屋に入った美雪は感嘆し、雄吾も思わず溜息《ためいき》を漏《も》らした。

広々とした部屋は、思っていたよりも豪華だった。クイーンサイズのベッドがふたつと品のいい家具。窓の外には京都の街の明かりが揺れている。

はしゃいで飛び回る美雪を横目に、雄吾は部屋に運ばれていた自分の荷物の中身を確かめた。

きちんと畳《たた》んだ衣服の下に、封筒と便箋《びんせん》が隠してある。

美雪が死ぬのを見届けたあと、これに遺書をしたためるつもりで持ってきたものだ。

顔を曇らせている雄吾のうしろで、美雪は少女のように室内を探検している。

「お風呂もひろーい！　雄吾さん、一緒に入らない？」

「えっ。あ……いや、先にどうぞ」

「そうですか？　じゃあ、お先に」

「ごゆっくり」

備え付けのバスローブを持って風呂場に消える美雪を見送って、雄吾は机についた。

ほどなくして、シャワーを使う音が聞こえてきた。バスタブに湯を張りながらシャワーも浴びているのか、湯の匂いが部屋まで漂《ただよ》ってくる。

ほんの一瞬、二人で入ろうという誘いを断った自分を後悔した。しかしすぐに思い直し、馬鹿な気持ちを叱咤《しった》するために荷物の中から封筒を引っ張り出した。雄吾が遺書を入れるために持ってきた封筒ではない。青いシンプルな、若者好みの封筒だ。

雄吾は中身を引っ張り出した。

目の前に現れたものを見た途端、喉に何かがつっかえたような感覚に襲われた。それは三枚の写真と、若者らしい力強い文字で綴《つづ》られた手紙だった。

写真には若い男女が写っている。一人は美雪で、男のほうに見覚えはない。最初の写真ではカフェで向かい合い、二枚目の写真では男は美雪の腰に手を回して歩き、最後には二人はラブホテルののれんをくぐっている。

——あんたが自慢している若い嫁は浮気してる。そんなもんだよ。目を覚ませ。

その一文のあとには、賢介がなぜ離婚の際、母親の味方をしたのかが書かれている。

雄吾は仕事人間で妻の誕生日さえ忘れていた。妻のほうは毎年、雄吾に贈り物をしていたのに。毎日三人分の食事を用意し、掃除をして、賢介の学校行事などに参加していた妻に、雄吾はねぎらいの言葉をかけたことはなかった。

母さんがどんな気持ちで離婚を切り出したかわかるか、と賢介は雄吾を責めている。しかし賢介は、父親を見捨てたわけではなかった。ただ母親のそばにいて支えなければと思っただけだった。時間が経って落ち着いたら、父親である雄吾ともじっくり話をするつもりだった。

それなのに、離婚から一年も経たないうちに若い女と再婚した。

賢介はまずその再婚相手に疑問を抱いたという。そして調べた。どうやって調査をしたのかは書かれていないが、大学生の賢介に他人の身辺調査ができるなど驚きだ。しかし雄吾にはその手段を問うている余裕はなかった。人を雇い、写真が本物かどうかを調べてもらった。まず写真は合成ではなく、美雪を尾行したところ、確かにこの写真の男と会っていた。

それがわかっても、雄吾はこの写真をつきつけて美雪を問い詰めたりはしなかった。

そうしたところで何になるのかと思ったからだ。

また離婚するのか？　この歳で。

それとも、美雪の不貞を見て見ぬふりをし、生きていくのか。

どちらも地獄でしかない。

この世で地獄を味わうなら、死んで本物の地獄に落ちたほうがマシだ。

そう思って青酸カリを買い、最後の旅行を計画したのだ。

雄吾は便箋を見つめた。

遺書にはこう書くつもりだった。

妻を問い詰めると、泣きながら謝られ、いっそ一緒に死にたいと言われた。自分は自殺をするために青酸カリを持っていた。それを二人で飲むことにする。

これで少なくとも、元妻と息子の心を搔き乱すことができ、世間の同情も得られる最期になるはずだった。

しかし今は違う。

雄吾は便箋を広げ、書き始めた。

――あんたの浮気をつきとめた。父さんのことを少しでも愛しているなら謝れ。今夜二十三時に父さんに電話して知らせる。そのまえに謝罪しろ。

傍《かたわ》らに広げた賢介の文字にできるだけ似《に》せて書き、写真を青い封筒に入れて美雪を待った。

「なあ、これ」

三十分ほどして風呂から出た美雪に、封筒を差し出す。

「賢介から預かったんだ。読んで欲しいらしい」

洗い髪の美雪は目を瞬《しばたた》いた。

「……賢介くんから？」

「中は見るなと言われているから、そのまま渡すよ」頬がひきつらないよう、精いっぱいに表情を作った。「俺も風呂に入って来る」

短く言って風呂場に入ったとき、着換えを持って来なかったことに気づいた。

しかし、今更《いまさら》部屋に戻ることもできない。

仕方なく雄吾は脱衣所で服を脱ぎ、湯舟に浸かった。さっきまで美雪が体を沈めていた湯だと思うと生々しい感じがして、あまり温まることはできなかった。

風呂からあがり、できるだけ時間をかけて服を着直した。

玉緒は今もどこからか見ているのだろうか。だとしたら、眉をひそめていることだろう。考える時間が欲しいとはいったが、まさかこんなことをするとは思っていないに違いない。

だが、雄吾はどうしても最後の可能性に賭《か》けてみたかったのだ。

玉緒の提案は魅力的だと思う。

自分を裏切った人間を殺して、その罪から完璧に逃げ、新しい人生を歩む——けれどその人生を思ったとき、雄吾はふと考えたのだ。

たとえ別人になれたとしても、記憶は消えないらしい。それは神社の境内に現れた女の言動からわかる。

だとしたら雄吾はこの先も、自慢の妻に裏切られた思い出を背負っていかなければならない。そこで新しい雄吾は幸せになれるだろうか。幸せを求める勇気が、出せるだろうか。

どのみち自分は死ぬ。

もし、美雪が謝ってくれたら、雄吾は幸せなまま死ぬ道を選ぶかもしれない。そうでなくても、美雪には手を下さずに体を移る。

すべては美雪の答え次第。

心を整えて、部屋に戻った。

美雪は窓側のベッドに腰かけて深刻な面持ちをしていた。

「どうしたんだ?」

その表情にかすかな希望を見出し、雄吾は近づいた。

美雪は両手で封筒を握っている。

「うん、あのね……」寂《さび》し気な口調だ。

言いにくそうに俯《うつむ》くので、雄吾は期待に躍る胸を抑えながら促した。

「なんだい。賢介は、なんだって？」

「賢介くんは……あたしのこと、あまりよく思ってないでしょう？」

雄吾は自分の表情が曇るのを感じた。

「今までいちども会ってくれないし、だから嫌われてるのは知ってたんだけど……でも」

「なんだ？」

写真は嘘だと言いたいのだろうか。

しかし雄吾は、すでに美雪が知らぬ男と腕を絡めるのを目撃している。

「手紙に、脅すようなことが書いてあるの。雄吾さんと別れなければ、今夜、あなたにあたしが浮気してるって嘘を言うと」

束の間とはいえ希望を取り戻した雄吾の心が、一直線にどん底まで落ちて砕け散った。

美雪はこちらを見もせずに続ける。

「もちろんあたしはそんなことしてない。なんでこんなに嫌われちゃうのかな。あたしがいると、賢介くんの遺産の取り分が減るとか、思われてるのかな……？」

いかにも不自然な罪のなすりつけだったが、もし雄吾があの写真を見ていなかったら、こんな嘘でも信じたかもしれない。

雄吾は美雪が握っている封筒に手を伸ばした。

「あっ」美雪は素早くそれをうしろに隠した。「雄吾さんは読まないほうがいい。息子さんがこんなひどいことを書くなんて、きっとがっかりするから……」

しおらしく目を伏せた美雪の顔を、雄吾はしばらく睨んだ。

美雪はこちらを見なかった。嘘をついている後ろめたさと、誤魔化《ごまか》し切れるかどうか心配しているせいだろう。

ずいぶん経ってから、雄吾はようやく言った。

「そうか。……そんなものを読ませてしまって、すまなかった」

スマートフォンと財布を持って部屋の出口に向かう。

「どこに行くの？」

「賢介に電話をかけてくる。すぐに戻るよ」

雄吾は振り向かずに答えた。

＊

ホテルを出てタクシーを捕まえ、駅前で降りる。

時刻は二十三時近くになっていたが、京都駅前のバスロータリーは人で溢《あふ》れていた。

雄吾は比較的人の少ない場所で足を止め、スマートフォンを取った。画面に表示させたのは賢介の番号だ。一瞬、こちらから電話を掛けようかと思ったが、さすがに息子の声を聞く勇気はなく、メッセージを送ることにした。

――話はついた。電話をかけてこないでくれ。

送信するとき、かすかに心が痛んだ。

賢介の胸の内はどんなだろう。あの子はいつの間にか父親よりも器《うつわ》の大きな男になっていたのかもしれない。

その気持ちを振り切って液晶画面を押し、ついでにスマートフォンの音も切る。電源まで切れば美雪に余計な想像を抱かれるかと思い、やめた。

辺りを見回す。

足早に行き過ぎる人波のなかに、ベンチに腰をおろしている男の姿を見つけた。

男の膝には旅行鞄がのっている。

「……玉緒さん」

近づいて声をかけると、玉緒は雄吾に微笑みかけた。

「ここに来たってことは、決めたんだな。嬉しいよ」

雄吾は玉緒の隣《となり》に腰を下ろした。

身を切るような風が吹き抜けていく。

視線の高さが変わっただけで、行き交う人々とは別の世界に生きているような気持ちになった。

不思議と心が落ち着いていく。

昼間、神社の境内で別れるとき、玉緒は雄吾にこう言った。

今夜二十三時、京都駅前で待ってる。あんたがおれの申し入れを受けるなら来い。そのまま死にたいなら、無視しろ。

「俺、心中するつもりだったんです」

へえ、と玉緒は深い声を出した。

「そいつは古風だ。愛人でもいるのかね」

「……妻と、です」

玉緒は少しだけ驚いたのかもしれない。雄吾は正面を向いたままだったが、長い間を置いて聞こえた声はさっきよりも低くなっていた。

「浮気でもされたのか」

「そうです。よくある話ですか」

「うん。でもカミさんに浮気されて心中までいくってのは珍しいな。そんなに惚《ほ》れてんのか」

雄吾は自分の心を探った。

美雪に対して、自分はどんな気持ちだったのだろう。

外に自慢するための道具。今となっては、それが愛情だと思い込んでいた気持ちの芯《しん》だと認めざるを得ない。

だから、こんな言葉も口にできる。

「この体で美雪を殺し、そのあとで新しい体に移ります。棘を授《さず》けてください」

雄吾は玉緒のほうに体を向け、口を開いた。

すぐにでも左手の黒い爪が伸びて来ると思ったのに、玉緒は前を向いたまま動かない。

「玉緒さん?」

尋ねても、玉緒は正面を向いたままだ。小さな音が聞こえたので何かと思って見ると、旅行鞄を黒い爪がついた指先で叩き始めていた。

「今、何時だ?」

怪訝《けげん》に思いつつスマートフォンの時計を確認した。

「……二十三時十八分ですけど」

「あんたの泊まってるホテルは?」

雄吾はホテルの名前を口にした。

玉緒は旅行鞄を叩くのをやめて頷いた。

「そのホテルなら戻るのに十五分はかかる。そろそろいいだろう」こころもち腰を浮かせてデニムの尻ポケットを探る。

事故で女が死ぬのを見たあと、玉緒が黒い手帳に何かを書き込んでいたのを思い出し、雄吾は警戒した。

だが玉緒が取り出したのは折り畳んだ紙だった。

「これは……?」

差し出された紙と玉緒の横顔を、雄吾は交互に見比べた。

「いいから読め」

仕方なく紙を受け取り、開いた。

白い便箋には小さな文字が並んでいる。

老眼が進んだ雄吾の目ではよく見えず、紙を顔から離し、少しでも明るい空間に翳《かざ》すためにベンチの上で体をずらした。

その間にも、玉緒のおしゃべりは続いた。

「なあ、おれは面白いことが好きだ。人の生き死には最高の娯楽さ。だけどその全部を観察することはできない。この国だけでも一日に三千人以上が死ぬんだ。こうして眺めているなかにも、魂が体からはみだしてきているやつはいる。その全員に声をかけていたら忙しくてたまらない」

手紙の文字を追っていくうちに、玉緒の声は徐々に遠くなっていった。

代わりに書かれている文面が心に食い込んでくる。決して寒さのせいだけではなく、肩が震え始めた。

「……玉緒さん……これは……」

「だからおれは、特別そうなやつにしか声をかけない。不幸そうなやつだ。なぜか？　不幸なやつのほうが、面白い物語を抱えていることが多いからだよ」

「待ってください。これ、この手紙は——あなたはこれ、読んだんですか。知っていたんですか」

玉緒は雄吾を一瞥もしない。

「生き延びる権利も、死の箇抜《かんばつ》も、不幸な人生を送った人間だからこそ与えられるものだとは思わないか？」

問われても、もう雄吾は喋《しゃべ》ることができなかった。

立ち上がろうとしたが足が震えてベンチに座り込んでしまう。顔を覆うと、額《ひたい》から流れてくる汗が指先を湿《しめ》らせた。

「こんな、こんなこと！　玉緒さん、どうしてっ」

ようやく掠《かす》れた声を漏らし、玉緒を振り返った。

玉緒は雄吾に横顔を向けて前屈《まえかが》みになり、両腕を旅行鞄にのせて、夜の底を流れる人の波を見つめていた。

「もうすぐ死ぬ人間を見つけて、気に入ったら声をかける。だが、その相手が一人とは限らない」

雄吾は最後まで聞かず、今度こそベンチを離れた。走りたかったが体が言うことを聞かない。

なんとかタクシー乗り場までたどりついたが、空車待ちの列に並ぶのがもどかしく、駅前を離れて歩き出した。

繁華街に近い路地でタクシーを見つけ、呼び止める。ホテルの名前を告げてから、もういちど握り締めていた便箋を広げた。

それは美雪からの手紙だった。

雄吾さんへ

私は今、これを八木家の横の和菓子屋さんで書いています。

先日、賢介くんがあなたに渡したものを偶然、見てしまいました（どうでもいいことかもしれませんが、人に見せたくないものを背広の内ポケットに入れたままにしておくと、脱いだ隙《すき》に見られますよ）。

そのあとであなたから京都旅行に誘われたとき、あなたはこの旅行中に何か大切な話をするつもりなんだなと悟りました。

ところで、二週間ほど前のことです。

買い物の途中、私は玉緒さんという男の人に声をかけられました。

玉緒さんには人の死期が視えて、人の魂を移し替える力があるそうです。

信じられない話ですが、私は実際に人の魂が入れ替わるところを見せられたので、嘘ではないと思います。私が死ぬのは二週間後、つまり、今夜なのです。

でもそれだけではありません。

玉緒さんが言うには、あなたも私が死んですぐに亡くなるというのです。とても言いにくいのですが、京都旅行と私の秘密、そして夫婦揃《そろ》っての死は、あなたに何かしらの原因があるように思えてなりません。でも玉緒さんが言うには、もし何の企みもなくても、人は決められた死からは逃げられないのだそうです。唯一《ゆいいつ》、他人の体を奪って生き延びる以外には。でも私にはできません。私のために誰かを死なせるなんて、とてもつらくて……。

そこで、私は考えました。玉緒さんにあなたにも接触してもらい、あなたには魂を移し替える機会を得てもらおうと。

雄吾さんも、私と同じ気持ちだと思います。だからこそ、私は命を懸けてお願いしたいのです。

どうか生き延びてください。

他人の体で、誰かほかの人を死なせてしまうのだとしても、生きてください。

最後に、あの写真の男ですが、あれは私の昔の夫です。彼は私のとても恥ずかしい写真を持っていて、関係を持つことを断ればネットにばら撒《ま》くと脅してきました。そのときは、あなたはもちろん、賢介くんの名前まで出すと。でも私が死ねばそれも防げるでしょう。

お元気で。さようなら。

美雪

何度も目元を拭う雄吾を、タクシーの運転手が心配そうに振り返った。

「葬式帰りなんだ」

言い訳をしないわけにもいかず、そんな嘘をついた。

ホテルに着くと、なりふり構わずロビーを走り抜け、部屋に戻った。

すべてが茶番であることを祈りつつドアを開けた。

「美雪……？」

部屋の中は明るい。

テレビがつけっぱなしになっており、バラエティ番組のにぎやかな音声が流れていた。

雄吾が部屋を出るとき、美雪が腰をおろしていたベッドの上掛けがまくれ上がり、半分が床に落ちている。

雄吾は小刻みな呼吸を繰り返しながら近づいた。

絨毯《じゅうたん》のうえに、バスローブ姿の美雪がうつぶせになって倒れている。苦し紛《まぎ》れに摑んだのか、その手は上掛けの端を握り締めたままだった。

「ああ……そんな――」

急いで美雪の体を仰向けにしたが、半開きになった目と唇を見れば、もうその体に魂は宿っていないことがわかる。雄吾は呻《うめ》きながら床を両手で掻《か》いた。玉緒が、体から抜けた魂でもほんの少しのあいだなら存在していられるというようなことを話していたのを思い出したのだ。だがいくら探っても魂の感触などない。

雄吾は美雪の体の上に突っ伏して泣いた。泣き声も涙も鼻水もバスローブに吸い込まれていく。柔らかな布地の下の体は、まだほんのりと温かかった。

心を振り絞るように泣いたので、束の間、眠ってしまったのかもしれない。

ふっと我に返った雄吾は顔を上げた。

まだうるさい音を立てているテレビが邪魔で、リモコンを探し出し電源を切った。

室内を見回す。時計を見ると、時刻はいつの間にか午前五時を過ぎていた。

玉緒の予言が蘇《よみがえ》った。

俺は夜明け前に死ぬ……この時期の夜明けなら、きっとあと一時間ほどだろう。

雄吾は周囲を見回した。美雪の遺体の脇に、皺《しわ》くちゃになった手紙が落ちている。拾い上げて、もういちど読み返した。

美雪は雄吾に生きて欲しいと言っている。たとえ無関係な人間の体を奪うことになろうとも生きて欲しいと。

「君は本当に……俺にはもったいない……素晴らしい……」

　繰り返していくうちに、また涙が溢れてきた。

　雄吾はそれを腕で拭い、室内を見回した。

　この手紙には玉緒の名前が書いてある。たぶん誰にも見られないほうがいいのだろう。燃やしたいところだが、雄吾も美雪もタバコを喫《す》わないので禁煙ルームを取ってしまった。

　仕方がない。細かく破いて窓から捨てよう。風が連れて行く様子は、季節外れの花吹雪のように見えるだろう。

「俺は君と逝《い》くよ。ごめんな」

　雄吾は便箋をできるかぎり小さくちぎり始めた。

　そうしながら、ホテルの従業員が自分たちの遺体を見つけたときのことを想像した。検視が行われ、先に死んだのは美雪だとわかるだろう。だが自殺したのではないし、雄吾もこのまま死の時を待つつもりだ。

　人々は言うだろう。

　奥さんが亡くなっているのを見て、夫も悲しみのあまり死んでしまったんだ。なんていい夫婦だろうか。よほど深く愛し合っていたんだね。

そう言われるためには、あの写真と賢介からの手紙も処分しよう。そっと部屋を出て、どこかのゴミ箱に捨ててもいい。賢介は責任を感じるだろうが、同時に自分の父親が人生の最期に、心から愛せる女と巡《めぐ》り合ったと思ってくれるだろう。それがせめてもの慰めになってくれたら。

雄吾は微笑んだ。

ファウストの物語の結末を思い出したのだ。

いちども幸せになったことがなかった男は、悪魔メフィストフェレスの力を借りてさまざまな快楽を味わう。だが恋は悲劇的な結末を迎え、権力を手に入れても満たされず、最期は悪魔がファウストの墓穴を掘る音を農民たちが働く音と勘違いし、人の営みこそ美しいと虚しい放言を吐いて死んでいく。

けれど最後の最後で、ファウストに不幸にされたにもかかわらず、ファウストのために祈りを捧げてくれた恋人の力で救われるのだ。

その瞬間、ファウストは間違いなく幸せだったはずだ。もしかしたら、そんな恋人と出会う機会をくれた悪魔メフィストフェレスに感謝さえしたかもしれない。

この自分もおなじ気持ちで、玉緒のことを天使と呼ぼう。

＊

ホテルに泊まるのも面倒だったので、玉緒は雄吾と話していたベンチで夜を明かした。この寒さだ。横になって眠っては凍死を心配した誰かに声をかけられる恐れがあるので、座って腕を組んでいたが、そんな状態でも睡眠くらいは取れる。

空が白み始め、空気に光の匂いが混じったのを感じて目を開けた。睫毛《まつげ》が凍《こお》ったらしく、瞼を開けるとき、ぱりぱりと音がした。

ベンチに座ったまま両腕を振り上げ、伸びをすると、玉緒は早朝の観光地の空気を胸一杯に吸い込んだ。

始発電車はとうに動き出しているので、京都駅前にはすでに人の姿がちらほらと見える。白い息を弾ませて歩く人間たちは皆、生きる時間を惜しんでいるかのようだ。

玉緒はベンチに腰かけて旅行鞄を膝にのせ、そのうえに肘をついて目覚めたばかりの街の風景を眺めた。

バスターミナルのほうから一人の女が近づいて来た。

若い女である。活発そうなショートカットで、化粧もしていないが、ジーンズとブーツに包まれた足の動きには誘うような色気があった。

「よう。美雪ちゃん」

玉緒が呼び掛けると、女はそっと微笑んだ。

「もう美雪じゃない。今の名前は……」女は肩に掛けていたバッグを漁《あさ》り、運転免許証を取り出した。「イイヌマアヤナ、二十三歳。ホテル従業員。どう、悪くはないでしょう」

玉緒の前へ来ると、女は体のラインを強調するようにショートコートの腰に手をあてがった。

玉緒はその姿をじっくりと眺めた。

「いいね。化粧して明るい色の服を着れば、もっと良くなる」

「そうでしょう」女は華やかに笑った。「この子、素材の使い方が下手だったみたいね。自分がきれいだってことにも気づいていないし。真面目な子で、廊下で呼び止めて部屋まで来てもらったら呆気なく仕留められたわ」女は自分の口を指した。「この体も、私のものになったほうが幸せよ」

ふふっと声をたててから、女は真顔になった。

「本当にありがとう、玉緒さん。あなたが声をかけてくれていなかったら、私は雄吾に殺されていたかもしれない」

「毒薬は偽物だったぜ？」

「偽物だとわかった途端、逆上して首でも絞《し》められていたってことじゃないかな」

おどけた様子で自分の首に手を遣《や》る女を、玉緒は目を細めて見つめた。

雄吾に話したことには、ほんの少し省略した部分がある。

玉緒は確かに、美雪には雄吾が毒を盛ろうとしていることは話さなかった。しかし美雪の勘は鋭かった。雄吾と自分が一緒に死ぬというのなら、事故ではないのねとすぐに言ったのだから。

しかし。

「……あんたはどうやって雄吾を殺すつもりだったんだ」

「賢介くんから手紙がきたのは知ってたからね。咎《とが》められたら適当に泣き落としをして、仲直りで一緒にお酒を飲んで、眠ったところでお湯を張った風呂に沈めようかと。警察にはお酒を飲んでいたら浮気の話になって、あたしが離婚したいと言ったら勝手にお風呂場に行ったと言うつもりだったんだけど」

「それはちょっと苦しいなあ。それに、うまくいかなかったろうよ。あんたのほうが先に死ぬわけだし」

「ええその通り……」

女は言葉を切った。

ふとその目が虚《うつ》ろになったので、玉緒は問いかけてみた。

「どうした？　何か忘れ物か？」

「あ……そうじゃないの」女はそっと笑った。「ただ、似た者夫婦だったのかなあ、なんて思って。ううん、やっぱり違うね。やろうとしたことがおなじでも、私は自分が死ぬつもりはなかったもの。似ているようで、やっぱり違う」

そんなことより、と付け加える。

「あなたはあたしの救いの天使だわ。何かお礼ができたらいいんだけど」

甘さを帯びた女の眼差しを、玉緒は片手を振って追い払った。

「ひとつだけ教えてくれ。あんたのあの手紙。なんでわざわざ、旦那が望むような言葉を書いたんだ。ああすれば雄吾が新しい体に移らずに死ぬとわかっていたのか？」

女は頭を振った。

「そうするかもしれないと思ったけど、確信はなかった。それに私は別に、あの男の生死なんてどうでも良かったの。新しい体に入っちゃえば、雄吾は私を追いかけて来られないでしょう？」

「だったらなぜ？」

女はうっすらと目を細めた。艶《つや》のある顔だった。

「私は今までたくさんの男と遊んできた。金を巻き上げたことも、反対に貢《みつ》いでやったこともある。このあいだまでつきあってたのは、後者のタイプ。あ、あれが元旦那だなんて大嘘よ。雄吾と結婚したのは、私もいい歳になったし、そろそろ落ち着こうかなって思ったからだったけど。やっぱり駄目だった」女は可愛らしく肩を竦《すく》め、色気をほんの少し緩めた。「でもね、そんな私にもポリシーがある。それは相手を傷つけずに別れること。私が悪者になってでも、最後まで夢は見せてあげるの。好きだけど別れなくちゃならないとか、私が不治の病にかかって、衰えていく姿を見せたくないから離れますっていう演出をしたこともある。男たちは私が用意した結末が自分の望むかたちでありさえすれば、追及するのをやめて身を引いた」

玉緒は唇を撫でた。

「……夢か」

「ええ。だから、雄吾が私の抜け殻と心中するのを選んだのは、それこそが彼の『見たい夢』だったというわけ」

自慢げに胸を張った女のすぐうしろを、一人の若い男が通り抜けた。

何かに引かれるように女は男を目で追いかけた。

学生ではなさそうだが、どこかのんびりした、穏やかな顔つきの男だ。身なりは控えめだが、質のいい鞄《かばん》を持ち、靴《くつ》も光沢のある革製だった。

女は玉緒に目を戻し、踵《かかと》を引いた。

「じゃあ、玉緒さん」

「ああ」

「もう会うこともないのね？」

「たぶん、きっと。あんたの運が良ければ」

女は微笑みの残像を残して立ち去った。

その姿が駅舎の中に消えるのを見送ってから、玉緒は黒い表紙の手帳と万年筆を取り出した。

新しいページを開く。

平成三十年（西暦二〇一八年）一月二十日

魔性の女と悲しい男。

女は新しい肉体を手に入れ、男は自分が見たい夢の中で死んだ。

どちらも幸せだなんて珍しい。


「……ん？」

書き終えたところで、手帳のページがとうとう尽きたことがわかった。

万年筆のペン先も改めて確認する。

目を細めてよく見れば、金色のペン先がわずかに歪んでいた。

「そろそろ、あいつのところに行くか」

立ち上がり、空を仰いだ。

太陽が明るさを増し、ささやかに残っていた星の輝きを駆逐《くちく》しようとしている。この街の人間たちは、そろそろ夢から覚めるだろう。

修理屋X

——全く「才能」なんて奴あ困りもんだね。才能なんぞあるお陰で
余計な苦労をしなけりゃなんねえ。

（『思い出を売る男』）

気が付くとあの男の姿を探している。

通りに面した窓を長いこと眺《なが》めていた牧野孝《まきのたかし》は、頭を掻《か》いて振り返った。幸い、ぼんやりしていたあいだに誰かに呼ばれたりはしなかったようだ。

室内を見渡した。

白い壁に囲まれた正方形の部屋だ。中央に設《しつら》えた丸テーブルを、十人の男女が囲んでいる。それぞれの手元にはプラスチックと金属のパーツ。言葉を交わし合う者もいるが、ほとんどは真剣に取り組んでいる。

牧野孝はそっと微笑《ほほえ》んで、また、窓に向き合った。

川越《かわごえ》の商店街の外《はず》れにある牧野の店は、元は土蔵だった建物を改装したものだ。一階部分が高級文具を扱う店と文具作りの教室、二階は牧野の住まいになっている。

角地にある建物の窓からは、通りの様子がよく見える。

ちょっと奥まったところにあるとはいえ、観光地なので人の通りは多い。土産物《みやげもの》の袋を提《さ》げ食べ歩きをする人々の姿の中に、牧野はまたあの姿を追い始めていた。古びた旅行鞄《トランク》を持ち、好き放題に跳《は》ねる黒い髪を気にも留めず、やわらかく微笑みながらも醒《さ》めた目をした青年。そろそろ、彼が来る頃なのだ。

「牧野先生」

呼ばれた声のほうに牧野は顔を向けた。

「はい。なんですか、西田《にしだ》さん」

生徒の一人が片手を挙《あ》げている。西田真湖《まこ》という名前の、十七歳の少女だ。

「ここの溝が、嚙《か》み合わないんですけど……」

見てみましょうと言いながら、牧野は少女に近づいた。

今、生徒たちに作らせているのは万年筆である。

といっても手の込んだものではない。

プラスチックでできた簡素なものだ。ペン先はスチール製で、ペン先の幅や胴軸と首軸を繫《つな》ぐ溝は自分たちで彫《ほ》らせる方針なので、そこだけがちょっと手間だが。

「ああ、なるほど。これはちょっとずれてますよ。修正しましょう」

少女の万年筆を取り上げて、牧野は部屋の片隅にある機械へ寄った。少女もあとからついてきた。

教室を横切る牧野の首筋に鋭い視線が突き刺さる。視線の送り主はわかっているが、気づかないふりをした。

そのまま西田と一緒に機械の前に座り、溝の調整を始めた。西田は背後から牧野の手元を覗《のぞ》き込んでいる。

「こんなふうに、きちんと彫らないとインクが漏《も》れますよ」

もっともらしい口調を作って指導してやる。

西田もおなじくらい芝居がかった調子で、ああほんとだ、と相槌《あいづち》を打った。

そして、腰を屈《かが》めて西田のほうへ顔を寄せる。

「先生」呼びかける声が艶《つや》を帯びた。「こんどの日曜日の約束、覚えてますか?」

牧野は笑みを噛《か》み殺した。

「覚えてますよ。午後一時に渋谷《しぶや》駅ハチ公口ですね」

「はい。お願いします」

「こちらこそ」

秘密の会話を交わし合うと、西田はくすくすと笑った。

牧野も笑い返した。が、こちらの笑みは『作った』ものだ。若い女性に言い寄られて鼻の下を伸ばしている三十半ばの男——そういう顔に見えなければならない。今は。

溝の調整を続けていると、また、首筋に冷たい眼差《まなざ》しを感じた。

振り返りたくなるほどの鋭さだが、今度もまた耐える。

「できました。また何かわからないところがあったら訊《き》いてください」

「はあい、ありがとうございます」

ちょっと大仰《おおぎょう》な返事をして、西田は自分の席に戻って行った。

西田の姿を追うふりをして生徒たちを見渡すと、西田から一人置いた位置に座っている青年が顔を伏せた。

加納悠人《かのうはると》。歳《とし》は二十歳《はたち》だそうだが、成人しているようには見えない幼い顔立ちをしている。大学の通信課程に籍を置きながらアルバイトで生活をしているという経歴は、牧野の教室の中でも異色の存在だった。教室には自分で申し込んできたが、あまり真剣に取り組んでいる様子ではない。

牧野は壁の時計を見た。間もなく午後四時になろうとしている。

「そろそろ終わりにしましょう。続きはまた来週」牧野が言うと、教室のあちこちからイスを押す音が響いた。「来週で仕上げですからね。気合入れて作ってくださいね」

おどけて言うと、生徒の何人かが笑った。

そのなかには西田もいた。牧野が自然な動作を装《よそお》ってそちらを見ると、西田はにっこりと笑みを深め、そっと手を振ってくれた。

牧野も胸の高さに手を上げ、軽く揺らした。

また、冷たい視線を感じる。牧野は手を下ろしたが、つとめて無視をきめ込んだ。

教室から外に出るには、いったん店の中を通らなければならない。生徒たち全員が教室を出るのを見送ってから、牧野もあとを追いかけた。教室と店は短い廊下で繋がっており、途中に二階へ続く階段がある。生徒たちが店まで出ると、牧野は足を速めて店の引き戸の鍵を開けにかかった。

教室の開催中は店を閉めているのだ。人を雇えば開店していられるが、牧野の方針として、大切な文房具たちを他人に任《まか》せたくないのである。

「じゃあ、また来週。気を付けて」

生徒たちは口々に別れの挨拶《あいさつ》をして外へ出て行く。なかには牧野の店の商品をちらちらと振り返っている者もいるが、できれば生徒には早く帰ってもらいたい。あの男が来るかもしれないときに長居は困る。

外に出て行くときにも、西田は牧野に目配《めくば》せをした。

やりすぎだなと内心で思いつつ、牧野も微笑みを返した。加納悠人がまた、こちらを見る。だがすぐに顔を背《そむ》け、足早に通りを歩いて行った。

「——さて……」

全員の姿が消えたところで、牧野は溜息《ためいき》を漏らした。

引き戸を閉めると、ガラスに自分の顔が映った。

何度見ても不思議な感じがする。

ガラスに映る牧野の顔は年相応の三十五歳だと思う。だが、金と教養に恵まれた人間らしい穏《おだ》やかさと余裕を持ち合わせていて、魅力的に見えなくもない。身長は平均より高く、体型もスリムだ。悪くない容姿《ようし》だろう。

店に向き直る。

棚を埋めているのは牧野がデザインした文房具で、値段は量産品と比べると高い。なかでもレジカウンターの前に設えたガラスケースの中の万年筆類は、もっとも安いものでも三万円はする。しかしそんなものでも、一点ものであったり期間限定のデザインとして売り出しているせいか、次から次へと売れていく。

順調な人生。まさにその通りだ、と思うと、牧野の脳裏にまたあの男の姿が浮かんだ。

念のためにもういちど通りへ顔を向けた。

見回したが、やはり待っている男の姿はない。

まあいつ来ると言われているわけではない。牧野は肩の力を抜いてレジカウンターのうしろへ回った。

抽斗《ひきだし》から和紙でくるんだものを取り出し、レジカウンターの上に置く。

そっと開けば、黒い表紙が現れた。

成人男性の手にちょうどいい、やや大きめなサイズで、中の紙は筆記しやすい無地のクリーム色。ページ数は多めにとってあり、しおりとして使えるスピンという紐《ひも》もつけてある。

手に取り、ページをめくって開き具合を確かめた。これが完成したのは一週間前だが、それから何度もこんなふうに使い心地をテストしている。これを渡す相手のことを考えると、少しの欠点もないように見直さなければと思うのだ。

一通り観察を終え、閉じると最後に全体を布で拭《ふ》いた。表紙に傷がついていないか光を反射させて確かめたとき、ふっと冷たい風を感じた。

引き戸を閉め忘れたかと思い、顔を上げた。

だが店の中に立っていたのは待っていたあの男だった。

時代を感じさせる古い旅行鞄を提げ、黒ずくめの恰好《かっこう》でこちらを眺めている。好き放題に跳ねた黒い髪も、微笑みと醒めたまなざしを同居させる顔も、一年前と何も変わっていない。

「玉緒さん……」

呼びかけると、男は浮かべていた微笑みを深くした。

「よう、修理屋。久しぶりだな」

耳にやさしい声を聞いて、牧野は頰《ほほ》を緩《ゆる》めた。

「お久しぶりです。また会えて嬉《うれ》しいですよ」

修理屋。

玉緒にそう呼ばれることが、牧野の誇りなのだ。

*

あれからもう二十年近くが経つだろうか。

牧野はその頃、東京郊外にある文房具会社の営業をしていた。

歳は二十八。仕事に忙殺《ぼうさつ》されて恋人ともろくに会えず、それでいて営業成績もトップからは程遠かった。いつか自分だけの文房具店を持ち、オリジナルブランドの万年筆を作れたらいい——そんな夢は遠くになり、このままざらついた生活に埋もれていくのだろうと思っていた。

そんなある日のことだった。

細かい時季は覚えていないが、寒かったり暑かったりした記憶がないので、春か秋だったように思う。

外回りの途中、駅のベンチで休んでいると目の前に一人の男が立った。

当時の自分と同年代だが、背広姿ではなくTシャツとダメージジーンズに身を包んでいた。足元のブーツには鋲《びょう》が打たれ、そんな恰好をしていられる男に羨《うらや》ましさを感じた。

ロックバンドの人だろうか？　と思った。しかしよくよく見ると、提げていたのはギターケースではなく、古びた旅行鞄である。

「あんた、文房具を作ってる人か？」

耳に染みこむような声に心の一部が波立った。

返事ができずにいると、男はもういちど訊いてきた。

「それ、現代では有名な文房具会社の名前だろ」

現代ではという言い方が気になりつつも、男が指さしたものを見た。牧野が膝《ひざ》に抱えていた、会社の封筒だった。

「ええ。……わたしはここの社員ですが――」

男はジーンズのポケットから何かを取り出した。

「なら、こいつを直せるかね」

男が差し出したものを見て、牧野は息を呑んだ。

ビンテージものとわかる万年筆。キャップの上部には白い星のような印があり、一目で世界的な高級文具メーカー、モンブラン社の品だとわかる。

牧野は震える手で万年筆を受け取った。

セルロイド製で、重厚な雰囲気である。このスタイルには心当たりがあった。

「あの、これ、まさかと思いますけど。……マイスターシュテュックの138じゃないでしょうね……?」

モンブラン社のマイスターシュテュック138といえば、第二次世界大戦前後のわずかな期間だけ製造されていた逸品で、市場に出るのは稀《まれ》だ。買うとすれば、状態にもよるが二十万から五十万円のあいだというところだろう。

「さあ」男は首を捻《ひね》った。「なんかわからんが、気に入ったんで使ってる」

牧野は驚き、すぐに気持ちが暗くなった。

この男はどこかの金持ちの道楽息子なのだろう。きっとこの高級な文房具も、祖父か父から譲り受けたものに違いない。

「でな、ここが」

男は牧野の気持ちなどまったく気づいていない様子で万年筆を取り上げ、キャップを外した。

眩《まばゆ》いばかりの美しいペン先が現れ、牧野は思わず見入った。おなじ時代に作られた万年筆のペン先は、戦時下という物資不足の時局柄、ほとんどがスチール製である。だがこのマイスターシュテュック138のペン先には14金が使われているのだ。その点でも特別な品といえる。

目を近づけてよく見ると、剣のようなかたちのペン先がわずかに歪《ゆが》んでいた。

「さっき落としたんで曲がったのかもしれん。直せるかね?」

「……落とした?」

思わず声を濁《にご》らせたが、男はなぜそんな反応をされるのかわからないというように片眉《かたまゆ》を吊《つ》り上げた。

牧野は手の中のものをじっくりと眺めた。

こんな高級なビンテージ品に触れる機会など、この先にはもうないかもしれない。なによりこの男は今、なんと言った?　この万年筆を直せるかと訊いたのか?

牧野の心に情熱の火が蘇《よみがえ》った。

「今、すぐでないといけないでしょうか。もし、お急ぎでないなら、できればお預かりしたいのですが」

男は目を細め、牧野の全身を探るように見た。

ああ、高級品を持ち逃げしようとしているのかと疑われているのだなと、その瞬間、寂《さび》しくなった。

「いいよ」男は瞬《まばた》きをしてから頷《うなず》いた。

「え、いいんですか」

「どのくらいかかる?」

「明日にはお返しできます」

「ならいい」

牧野は名刺の裏に自分の電話番号と住所を書き、男に渡した。男は受け取り、明日、またここで待ち合わせをしようと言った。

「もちろんです。必ず、お返ししますから」

万年筆をハンカチでくるむとき、心臓が熱く脈打っていた。たとえこれが苦労知らずの金持ちの息子の気まぐれだとしても、大切な文房具の修理を牧野にまかせてくれたことが嬉しかった。

「あの、お名前は……？」

立ち去って行こうとする男に、牧野は急いで訊いた。

男は振り返り、答えた。

「タマオ。玉虫色の玉に、へその緒の緒と書く」

奇妙な名前ゆえに、忘れないと思った。

会社の仕事もそこそこに帰宅し、改めてペン先を確かめた。落としたというからとんでもない事態を想定したのだが、ペン先の歪みはよくよく見ると衝撃を受けたせいではなく、使いこんだことによる経年劣化が原因だった。

落下による傷は、セルロイドの胴軸にあったものの、こちらも大したことはない。牧野は学生時代に蓄えた知識を総動員してペン先を修正した。といってもさほど難しいことではない。専用の研磨材で整えてやればいいのだ。

当時の牧野にできる精一杯の技術で、マイスターシュテュック１３８を磨き上げた。

そしてコンビニへ走り、いちばん値段の高いハンカチを買って、それで包んで翌日を待った。

昨日とおなじ時刻、おなじ駅のホームで待っていると、玉緒がやって来た。前日の服装のままで、旅行鞄も持っている。鞄には詳しくない牧野だったが、きっとこれもブランド品のアンティークなのだろうと踏んだ。

万年筆を返すと、玉緒は白い小型のノートを広げて試し書きをした。彼の左手の爪が一枚だけ黒く塗られていることに、そのときはじめて気づいたが、それもおしゃれの一環だろうと思った。それよりも、玉緒が使っているノートがそのへんで売っている安物だったことのほうに驚いた。

「前よりも書き心地が良くなってる。ありがとう。あんたいい職人なんだな、自分の店を持っているのか?」

そう言われた途端《とたん》、牧野の中で何かが堰《せき》を切った。

堪える暇《ひま》もなく涙が溢《あふ》れ出し、慌《あわ》てて拭《ぬぐ》ったものの、目の前に立っていた玉緒に隠せるわけもない。

そのままひとしきり泣くあいだ、玉緒は逃げ出すことなくそばにいてくれた。

「……すみません」

謝ると、玉緒は心に沁《し》み込むような声で牧野の境遇について質問した。

牧野は溢れるように喋《しゃべ》った。本当は文房具の職人になりたかったが、親に反対され、大学に通いながらこっそりと技術の勉強をしていたこと。今は文房具の会社の営業職で、夢を叶《かな》えられる見込みはないこと……。

話し終えたあと、玉緒はしばし黙った。

それから言った。

「あんたもうすぐ死ぬ。もし生き延びたいならその術《すべ》を授けてやれるが、どうだ」

驚いて顔を上げた牧野を、唇の片側だけを持ち上げる独特の笑みを浮かべて見つめていた。

もしあのとき、玉緒に出会っていなかったらと思うとぞっとする。他人の肉体を奪う力を授けるやさしい死神。むなしい人生を送り、その終点を迎えようとしている人間にとって、救いの神以外の何者でもないだろう。

そんな玉緒が、牧野に機会を与えた理由はただひとつ。

彼の愛用の万年筆を修理できたから——これに尽きる。


だから俺は自分の才能に救われたのだ、と牧野は考えている。

あるいは才能自身が、のびのびと活躍できる環境を求めていたのだろうか。

牧野孝はかつて働いていた文房具会社の重役の三男だった。経済的にはもちろん、母方の祖父が蒔絵《まきえ》職人という家柄で、芸術に理解が深い。おまけに魂を移し替えた当時、牧野孝は高校生になったばかり。未来と、その可能性をぞんぶんに活かせる環境を手に入れ、今はこうして幸せに暮らしている。

「さっそくだが、こいつを頼むよ」

玉緒が差し出したのは、あの日とおなじマイスターシュテュック１３８だ。

牧野は自分の頰がほころぶのを感じた。

「調整します。ペン先以外に気になるところはありますか?」

「特にない。あと、手帳も欲しい」

用意してあると答え、牧野はさっきまで眺めていた黒い表紙の手帳を玉緒に差し出した。

玉緒が牧野の作る手帳を使うようになったのは、ごく最近のことだ。それまでは市販品を適当に見繕《みつくろ》って買っていたらしいが、見かねた牧野が玉緒のために一冊こしらえてやると、気に入ってくれておなじものをリクエストされる。

牧野は玉緒と共に二階へ上がった。

階段をのぼると、キッチンを兼ねたリビングダイニングに出る。十五畳ある広いフローリングの部屋を横切って、引き戸で仕切られた小部屋に入った。

そこは牧野の作業部屋である。文房具作りに必要な器具や機械、広々とした作業机が設えてあった。

「適当にくつろいでいてください」

「そうするよ」

玉緒の返事を背中で受けとめて、牧野は万年筆の調整に取り掛かった。

本体の中にインクが入っていた場合、調整前に抜かなければならないのだが、玉緒は気を使って空にしてきてくれたようだ。

嬉しさに微笑んだとき、すぐうしろにいた玉緒がうろうろと部屋の中を歩き回り始めた。どうやら作業部屋の隣にある寝室の扉まで開けているが、不思議と気にはならない。古い友達がしていることだからだ、と思い、牧野はちょっとだけ首を傾《かし》げた。

玉緒のことを友達と呼んでいいものだろうか。不死の顧客。畏《おそ》れ多い気がするが、もしも友人と呼べる間柄になれるとしたら、それはとても誇らしいことだ。

笑みをおさめ、牧野は心を切り替えた。

ルーペでペン先を覗き、わずかな歪みを直していく。

前回玉緒に会ってから一年ほどが経過しているが、ペン先はほとんど変化していなかった。持ち歩いているわりに扱いは丁寧《ていねい》なのだろう。

調整を終えると、本体を分解して不具合が起きていないかを確かめた。少なくとも七十年前の品物である。もし破損したら、直すにはおなじ時代の万年筆のパーツを流用しなければならない。

開始から一時間ほどで牧野はすべての作業を終えた。

「できましたよ」

作業部屋から呼びかけても返事がないのでリビングに行くと、玉緒は本棚の前に座り込んでいた。手元に広げているのは今日の新聞だが、足元に置いた旅行鞄の脇には週刊誌やハードカバーの小説、教室に来る生徒の名簿までが積み上がっている。

牧野は苦笑いを浮かべた。

「活字が好きなんですね」

「そうさ。だから自分でも書いているんだ」

牧野の目が旅行鞄を捉《とら》えた。

その中に何が入っているのか、牧野はもちろん知っている。

彼は自分が棘を授けた人間の運命を見届け、ノートや手帳に記録するのだ。玉緒はそれを趣味だと言っているが、牧野にはなんというか、もっと大事なもの――『ライフワーク』に見える。

だがそのことについて牧野は何も言うべきではないとも思っていた。

調整を終えた万年筆と、試し書き用の紙とインクを差し出した。

玉緒は何も言わずテーブルにつき、直したばかりのペン先をボトルインクに浸した。普段なら筆記するときは万年筆本体にインクを吸引するのだが、書き味を試すだけならほんのちょっとインクをつければいい。

牧野は少しうしろへ下がり、その様子を見守った。

この光景を目にするのは何度目だろう。見るたびに凛《りん》とした緊張を覚える。

牧野には想像もつかないほど長く生きてきた男に自分の技術を試されているのだ。不安はあるが、それよりも誇らしさを感じた。

「いかがです?」

玉緒がペン先を紙から離すのを待って、牧野は尋ねた。

「うん。ありがとう。いい具合だよ」

「それは良かった。玉緒さんは少し筆圧が強いようです。できればもう少し、やさしく書いてあげてください」

「ちゃんと机の上で書けるってことがないから仕方がないのさ。ところでな、あんたのその体、もうすぐ寿命だぜ」

牧野の喉から、乾いた音が勝手に漏れた。

玉緒はイスの上で体ごと振り向き、続けた。

「九日か、せいぜい十日だな。今日来て良かったよ。あんたさえ良ければ、また新しい人生に進ませてやってもいいが、どうする?」

見えない手で頭を殴られたように、牧野の体がぐらりと傾いた。

咄嗟に支えようとしたが間に合わず、その場にへたり込んでしまう。

「……そうですか。もう、ですか」

「人生も二度目だと、時が過ぎるのは早く感じるだろう」

「わかりました。……また、お願いします。棘をください」

玉緒は意外そうにこちらを見た。

「なんだい、迷わないのかい」

牧野は床にへたり込んだまま玉緒を見上げた。

「そりゃ、生きていたいですから……。あなたにはわからないかもしれませんけど、死ぬのは怖いですよ」

「まあ構わんがね。だけど、新しい体はどうする。あんたは確か、移る体に対してマイルールを設定してたろう」

牧野はそっと笑った。玉緒は古い映画の俳優のように時代がかった喋り方をするので、その彼の口からカタカナ語が漏れるとちょっとおかしな感じがするのだ。

「ええ。ルールがあります。でもちゃんとそのルールに沿った目星はつけてあるんです。あなたがいつ来てくれてもいいように、用意しておきました」

玉緒は唇の片端を持ち上げて笑った。

「へえ。そりゃ、面白そうだな」

＊

日曜日の午後、牧野は渋谷駅のハチ公像前に立っていた。

約束の午後一時までにはまだ十分ほど時間がある。早く来たのは遅れないためというよりは、若い娘とのデートに気を張っている中年男を演出するためだ。服装も、ブランドものポロシャツにジーンズという、いかにもがんばって選びましたという組み合わせにした。

ポロシャツの襟《えり》が曲がっていないか指で撫《な》でて確かめ、牧野は今日の段取りを頭の中でなぞった。玉緒の言葉には驚いたが、予想外ということもない。最初の出会いで死の宣告を受けた身としては、もう玉緒と顔を合わせることと寿命の告知の可能性はイコールで結ばれていた。そしていつその言葉を聞いてもいいように、準備だけは怠《おこた》らなかったのだ。

だが問題はある。

牧野は周囲を見回すふりをして、斜めうしろの植え込みを盗み見た。

待ち合わせをしている大勢の人に混じって、一人だけで立っている若い男の姿がある。

牧野が頭《こうべ》を巡《めぐ》らせた途端、そっと顔を背けた青年に、牧野は気づいていないふりをした。

「先生、お待たせしました！」

約束の時間ちょうどに響いた明るい声に、牧野は笑顔を作った。

駆けて来る西田を、周囲の人々が振り返っている。先生という呼び掛けと、西田が向かう先にいる牧野の年齢に、人々がよからぬ妄想《もうそう》を始めたのだろう。

まあいいだろうと、牧野は笑顔を崩さずにいた。

「早かったんですね。待ちましたか？」

十七歳の顔には、笑っても皺《しわ》ひとつできない。

その若さを素直に眩《まぶ》しく受け止めて、牧野はわざと少し困ったような表情を作った。

「西田さん。今日は先生と呼ぶのはやめましょうか」

「え。でも、じゃあなんて呼んだらいいですか？」

「できれば、名前で……」

西田は照れたように目を背けたが、その口元がかすかに黒い笑みを浮かべていたのを牧野は見逃さなかった。

「でも、いきなり孝さんっていうのはちょっとやりにくいですね」

「じゃあ苗字《みようじ》にさん付けで」

「はい、わかりました。代わりに、牧野せ——さんも、あたしのこと名前で呼んでください」

西田の下の名前は真湖だったな、とすぐに頭に浮かんだが、牧野はあえて忘れたふりをした。

「ええっと、ごめんなさい。お名前は……」

「真湖です。真実の真に、湖」

「ああそうだ。いい名前ですよね、とても可愛い」

褒《ほ》めると、西田は嬉しくてたまらないというようにぴょんぴょんと跳ね、さりげなく牧野の腕に触れた。

「ありがとうございます。じゃあ、行きましょう」

揃って歩き出しながら、牧野は背後の気配に注意を払っていた。

ハチ公像前でこちらを窺《うかが》っていた青年、加納悠人も、ゆっくりとあとをついてきたのだ。

牧野と西田はスクランブル交差点を抜け、美術館や劇場が併設された文化施設に入った。開催中の絵画展を見ようと誘ったのは牧野だが、西田も嬉しそうに応じた。が、頷いた時の目の奥に浮かんだ退屈を牧野は見逃さない。

あとをついてきた加納悠人は、さすがに入場料を払うのは嫌だったのか、絵画展の中までは入って来なかった。

絵画展は多くの来場者でにぎわっていたが、西田のような女の子はほとんどいない。それでも西田は、アカデミックな場に慣れないが好奇心はある少女の顔を貼り付け、牧野の説明を熱心に聞いていた。

「この画家は宮廷画家にまでなった人なんだけどね、亡くなる半年前に破産したんだよ」

この人生で仕入れたものではない知識を披露しながら、牧野は二度目の人生は速く過ぎると言った玉緒の言葉を思い返していた。

だがそれ以上に重要な現象が起きていることを、玉緒は知っているだろうか。

今の牧野には他人の心の動きがよくわかる。

傍《かたわ》らで可愛らしい笑顔を振りまく西田の真意も、彼女が受講希望者として教室に現れたときから見抜けてしまった。西田より先に入門した加納悠人にも、最初から奇妙なものを感じていた。西田が現れてやっと、ああそういうことかと納得したが、それも最初の感覚があってこそだった。

人生をやりなおすというのはそういうことだ。牧野孝になる前の人生では、出会う人が何を考え、どんなふうに行動するのかなど予測できるはずもなかった。恋人の怒りの理由がわからずおろおろし、仕事では失敗し、同僚との会話には気を使う。ところが二十代後半の社会人の知識を持ったまま十五歳の体を乗っ取ってみると、周囲の人間のほとんどは牧野がすでに通り過ぎた道を歩いていた。人の心を見抜けるのも当然のことだ。

「牧野さんてほんとになんでも知ってるんですね」

西田の台詞《せりふ》はいかにもわざとらしかったが、それを聞いた牧野の心は鈍く痛んだ。

──……は、本当に詳しいね。

かつての人生で、そばにいてくれた女性と美術館に行ったときに言われた言葉が蘇ったのだ。

「牧野さん?」

咄嗟《とっさ》に表情を失った牧野の顔を、西田が不思議そうに覗き込む。

牧野はなんとか心を戻し、緩く頭を振った。

「いや、そんなことはないよ」

あのときは、謙遜《けんそん》なんてしなかったな、と思う。

勉強してるんだ、将来に役立てるために、と答えたはずだ。

それを彼女はどう受け止めたのかわからない。だが結局、会う時間は減っていき、玉緒から棘を授かった頃には、話し合いをしたいと彼女に言われていた。もちろん応じることなく今の人生に踏み込んだが、もし聞いていたとしても別れ話だったろう。きっと今頃、あのときの恋人はべつの人と幸せになっているに違いない。

牧野は隣にいる若い体に微笑みかけた。

「さて、ちょっとお茶でも飲もうか」

提案したとき、西田は演技ではない喜びを見せた。西田が何かを話したそうなのはわかっていたことなので、驚きはしない。

美術館の近くのカフェに入り、テーブルを挟《はさ》んで向かい合う。加納悠人も少し遅れてカフェに入り、離れた席についたのを目の端に捉えた。

紅茶を飲みながら、西田は自分のことを話し始めた。学校の友達のことや休日の過ごし方。牧野は適当に応じていたが、言葉の端々に、牧野にある台詞を言わせようとしている意図が垣間見えた。

この先の会話の流れを想像しつつ、牧野は応じてやることにした。

「真湖ちゃんにはたくさんお友達がいるんだね。羨ましいなあ」

西田の目が輝いた。

「牧野さん、お友達は……？」

「ほとんどいないんだ。俺は引きこもりがちだからね」

「あの、でも」訊きにくそうにテーブルの端を見る。誘われるままに牧野は質問をくれてやった。

「でも、何？」

「あー……失礼だったらごめんなさい。恋人、とかいないのかなって」

「いないんだ。残念ながらね」

西田の顔にある種類の表情が浮かびかけたが、内側から引っ張られるように消えていった。

牧野は続けた。

「どうやったらそんなふうに大勢の人と仲良くできるの？　俺は教室のみんなともうまく付き合えないのに」

「え、うまくやってると思いますけど」

「そうだといいんだけど、どうかなあ。あんまり話したりできないからなあ」

とびきりの笑顔を浮かべながら、牧野は心の中で餌《えさ》に食いつけ、食いつけと呼びかけていた。

西田の表情が、ほんの少し硬くなる。何か重要なことを言おうとしているときの人間の表情だった。

「……牧野さん、みんなともっと仲良くなりたいんですか?」

垂らした釣り糸が引っ張られたときのように、牧野は手応えを感じた。

「そうだね、なりたいな。うちは資格を取るためのクラスというわけじゃないから、もっとこう、大学のサークルみたいにわいわいやりたいね」

西田はこころもち、身を乗り出した。

「じゃあ、ホームパーティーとかどうですか」

「ホームパーティー?」

「そうです。教室のみんなで牧野さんの家に集まるんです。どうですか?」

牧野はせりあがって来る歓喜を噛み殺した。

「それはいいなあ」そして、本当にたった今考えたというふうを装いながら続けた。「来週の日曜日はどうかなあ。ちょうどあいてるんだけど……再来週は材料屋さんに行かないとならないから忙しいし。急だけど」

「呼びかけてみたらいいじゃないですか。みんな喜びますよ」

「そうかなあ」わざと渋ってみせた。

「大丈夫ですよ。あたしも空いてます。何か料理を作って行きますよ」

「真湖ちゃんがそう言ってくれるなら、やっちゃおうか」

「ええ、やりましょう。ね、決まり。何時からにします？」

そこからは料理の話や集まる時間などを話し合った。思いがけない提案に喜ぶふりを続けながら、牧野の心は冷静だった。なるほど、こちらだったか。心の中で頷きながら、背中には加納悠人の視線を感じていた。もしかしたら彼には、このやりとりが聞こえているのかもしれない。最近は小型のワイヤレス盗聴器もあるという。

一通りホームパーティーの打ち合わせをすると、牧野たちはカフェを出た。加納悠人も、もちろんあとをついて来る。

複合施設の外に出ると日はすでに傾いていた。冷たい風が吹き抜け、牧野は思わず身を縮めた。すると西田が、わずかな隙も逃すまいとするかのように牧野の腕に摑まってきた。

「寒いですね」

「本当にね」

次にくる言葉を予測して、牧野は心が沈むのを感じた。

腕に絡まる西田の手に力が込もる。

「あの、牧野さん」

「はい？」

西田は束の間、黙った。

「……また、一緒に出掛けてもらってもいいですか」

ぴったりと体を寄せて言われた。

その瞬間ちいさな音がうしろから聞こえた。注意して聞いていなければ聞き逃してしまう、カメラのシャッター音が。しかも音は連続した。そのあいだも西田は牧野の腕に体を寄せて、上目遣いでこちらを見上げてくる。

牧野は頬に力を入れて込み上げてきた笑みを堪えた。

人生一周目の男だったら、なるほどこれは、周囲の物音など聞こえないほど舞い上がっていただろう。

「うん、もちろんだよ」少し迷ったが、西田の肩に手を添えた。シャッター音がまた、いちどだけ聞こえる。

「ありがとうございます。嬉しいです」

心をくすぐるような声で言ったが、西田はすぐに体を離した。

牧野もおとなしく腕をおろしたが、なんとなく惜しそうな態度は取っておいた。

ふたたび歩き出し、駅前で別れる。挨拶を交わし合った直後、西田からはホームパーティーの件を念押しされた。

西田は駅の雑踏の中に消えていく。

その背中を見送りながら、牧野はさりげなく人混みの中に加納悠人の姿を探した。青年はいつの間にか姿を消していた。

*

帰宅した牧野は、リビングのソファに寝そべっている玉緒を見て目を丸くした。

「なんだよ?」

声もなく立ち尽くしている牧野を玉緒は不思議そうに見た。

「あっ……いや」

暗い部屋、窓から入るわずかな明かりの下で、玉緒は黒い表紙の手帳を広げていた。牧野が渡した新しい手帳ではないようだ。たぶん、この一年の彼が見て来た人間たちの選択の記録だろう。

「いちゃ悪かったか?」

手帳を閉じて、玉緒は起き上がった。

「そんなことは。ただ……」

玉緒は牧野に死期を告げたあと、また来ると言ってさっさと出て行ってしまった。もちろん昼に牧野が家を出るときも玉緒はいなかった。

「玄関の鍵、どうやって開けたんです。それともどこかの窓が開いていましたか?」

「店の戸が開いてたぞ。不用心だなあ」

「……さすがにその嘘はわかりますよ」

玉緒が喉を鳴らして笑ったので、牧野は部屋の明かりを点《つ》けた。

その後も出て行く様子がない玉緒を尻目に、牧野は自分の夕食を作り始めた。念のために玉緒にも食べるか尋ねたが、案《あん》の定《じょう》いらないと言われた。玉緒は牧野が食事をしているあいだ、自分の過去の記録を読みふけっていたが、皿が空になる頃に話しかけてきた。

「なあ、今日はあんた、どこに行ってたんだ」

「渋谷です。女性と会っていました」

「ほう?」玉緒の目が険しくなる。「恋人か?　あんたのことだからわかってるだろうが、他の人間になったあとあんたの正体をバラされるのは困る。そのへん、黙っている自信はあるかね」

「いえ、そういう間柄じゃないんです。その女性というのが、俺が乗り換えるかもしれない体の持ち主なんですよ」

玉緒の表情が一転して好奇心に輝いたので、牧野は噴き出した。

本当にこの男は面白いことに目がないのだ。

「牧野孝がどんな少年だったか覚えてますか?」

「とんでもない不良息子だったな。親族も手を焼くような」

牧野はにっこりと笑った。

中学生の頃の牧野孝は、厳格な家庭への反感と優秀な兄たちへの劣等感から、わざと問題行動を繰り返す少年だった。その脳を手に入れた今だからこそわかるが、ただの子供の反抗と呼ぶには牧野孝は狂暴すぎる。抵抗できない立場にある者ばかりを狙って暴力を振るったり、兄の恋人に嫌がらせを仕掛けることもあった。

牧野孝はかつての自分が働いていた会社の重役の息子。その素行の悪さは有名だった。

自分が他人の人生を奪わなければならないと理解したとき、牧野孝が頭に浮かんだのは自然なことだった気がする。

魂を入れ替えられると、死にゆく肉体に閉じ込められた魂はなす術もなく消えていくのだという。それは裁かれることがない殺人だ。たとえ法律が追いつけない罪だとしても、良心は疼《うず》いてしまう。それはのちのちの人生にも傷をつけるだろう。

だから、いなくなって欲しいと思われている人間を選ぶことにした。

周囲の人間から心を入れ替えて欲しいと願われている者。そんな相手なら人殺しの罪を相殺《そうさい》できる。心置きなく新しい人生を謳歌《おうか》できるのだ。

「牧野孝になってからも、あなたは俺のところへ来てくれましたね」

別人になったかのように真面目《まじめ》になり、文房具の作り方を学び始めた牧野孝の変化を、家族はみんな喜んだ。嫌がらせをした相手に謝ると、相手は感動さえした。大人になった牧野が自分の店を持ちたいと言えば、職人のもとに弟子入りをさせてくれ、開店資金も出してくれた。牧野の親族は皆、つつがなく暮らしている。この幸せは牧野孝の魂が入れ替わらなかったら存在しなかったものだ。

「俺はいつでも、あなたに死を告知されたらどうするか考えていました。だから、自分の新しい器にしてもいいと思うような人間を、なるべく周りに置いておこうと思ったんで

「ふうん。どうやって?」

玉緒はもしかしたら見透かしているのかもしれないが、牧野の口から聞きたいのだろす」

う。

牧野も言葉を継いだ。

「今の俺はそれなりに裕福で、成功もしている。そしてね、現代にはインターネットというものがあって、昔なら絶対に触れ合えないような種類の人間同士が出会えたりするんです。企みがある人間は俺のことをカモにできると思って近づいてくる。そういうやつは、ちょっと弱みを見せれば簡単に食いついてくるんですよ。こちらが餌に擬態《ぎたい》した毒蜘蛛《どくぐも》だとも気づかずにね」

「なるほどな。でもそれじゃあ、危ない目にも遭《あ》うだろう」

「まあ多少は」ストーカーに遭ったりレジの金を盗まれたりしたことはあったが、それは話さなくてもいいだろうと思った。「でも、あなたは長くても一年に一度は来る。そのときあなたから何も言われなければ、俺が一年以内に死ぬことはないんだろうと思っていました」

「一年待たずに死ぬことだってある。そんときはどうするんだ」

さすがに牧野はむっとした。

「あなたが一年に一度しか会いに来てくれないんだから、仕方がないでしょう。そのときはそのときです」

玉緒は肩を揺らして笑った。

「死期が視《み》えたところで、あんたに何も言わない日がくるかもしれないぜ」

「……そうならないように、修理の腕を磨き続けているんです。いつでもあなたの一番でいられるようにね」

玉緒は例の歪んだ笑みを浮かべた。

「で、今日デートしたその女が、次の体というわけか」

「いえ、まだわからないんです」

眉尻を跳ね上げた玉緒に、牧野は説明した。

「実はね、彼女——西田真湖というんですが、彼女が何をしようとしているのか完全にわかったわけではないんです。最初は俺と肉体関係を持って、それをネタに金を強請《ゆす》るのかと思っていたんですよ。ところが西田真湖が来る少し前に生徒になった男がいるんですが、どうやらこいつとグルのようで」

「美人局《つつもたせ》かね?」

「と、思ったんですけど……」そしてたぶん、それは半ば当たっているような気もする。渋谷で撮られた写真のことを思えば、そうではないとは言い切れないだろう。「ただ実は、西田真湖の相棒の男、名前を加納悠人というんですが、彼が教室に来てすぐ商品が盗まれたことがあるんです。店に並べる前の、箱に入れておいたノートが一冊だけ。盗んだのは加納悠人で間違いない」

「なんでわかるんだ?」

「防犯カメラくらいありますからね。見えないところにも」

「本人を追及は?」

「そんなことして相手が俺の前から消えてしまったら、新しい体を取り逃がすことになるでしょう」

　顎を引いた牧野は、自分は今とても悪い顔をしているだろうなと思った。

「だから、どういうことなのかなと思うんです。俺が未成年と関係を持ったのをネタに脅すつもりなら、なんでノートなんか盗《と》るんでしょう」

「知りたいなら、加納悠人の体を乗っ取ればわかるんじゃないか?」

「それはそうですけど……。やっぱりちゃんと見極めたいんです。どっちみち来週の日曜日にはわかりますよ」

牧野は西田が提案したホームパーティーの話をした。なにがしかの罠《わな》を張ろうとしていることはあきらかだろう。

「その日にはわかるでしょう。そうしたら、西田か加納悠人か選びますよ。俺の予想だと、西田がホームパーティーのあとで俺を誘うんじゃないかな。そしたら決定的な瞬間に加納悠人が入ってきて、それで脅すのかもしれない。そのときの状況によってやりやすいほうに決めます」

玉緒は長い溜息をこぼした。

「……そうかね」

他にも何か言ってくれるのを待ったが、玉緒は窓際に立ったまま俯《うつむ》いていた。

牧野はふと寂しい気持ちになった。

どのくらいの時を生きているのかもわからないこの男は、機会を与えるだけで決して誘導はしないのだという。それは知っているが、でも、とも思うのだ。

玉緒が自分に機会をくれたのは間違いなく万年筆の修理ができたからだが、その後もこうして会いに来てくれているということは、牧野以上の技術を持つ者を見つけられなかったからだろう。そのうえ、二度目の移し替えの機会もくれた。これは限りなく誘導に近い行いであるし、もちろん玉緒もわかっているはずだ。

だからこそ牧野は嬉しい。

死を避けられる幸運以上に、不死の存在に必要とされている自分の才能が誇らしいのだ。

生徒たちにホームパーティーの誘いを入れると、予定が入っていた二名を除く全員が参加した。一人は母親の介護をしている中年の女性だからいいとして、断ったもう一人が加納悠人であることは気になった。一週間前に撮られた写真のことを思うと、やはり今日、なにがしかの行動に出るつもりに違いない。

当日、玉緒は夜には戻ると言って外に出た。玉緒が予告した牧野の死の時は、午前二時頃。さすがにそれより前には棘を授けてくれるだろうが、玉緒は魂を移し替えた相手が生きたまま逃げ出してしまうことを恐れ、間際でないと黒い爪で刺してくれない。問題はどうやって午前二時まで西田か加納悠人と一緒にいるかだった。

ケータリングサービスの料理を頼むと言ってあったのに、生徒たちは思い思いの手土産《てみやげ》を持参してきた。菓子やサラダ、カナッペのような前菜。西田は手作りのきれいなゼリーを持ってきた。大きなドーナツ型で、たくさんの果物が沈めてある。皆で切り分けて食べるのだと言われ、牧野はとりあえず変な薬は入れられていなさそうだと安堵した。

イスが足りないのでテーブルに料理を並べ、立食スタイルにした。生徒たちは立ったまま、あるいはソファに腰かけ、思い思いに話をしていた。牧野も教室で過ごすときよりも生徒たちと距離が近くなったように感じ、おしゃべりに応じたが、西田から気を逸《そ》らすことはなかった。

一時間ほど経った頃だろうか。

西田が、さりげなく階段を降りていくのが見えた。

牧野はそばにいた生徒に適当な言い訳をしてその場を離れた。キッチンへ行くふりをしながら室内を移動し、誰の目もこちらに向いていないことを確かめてから西田を追う。

足音を忍ばせながら階段を降りていくと、階段下の倉庫の扉が開いているのが見えた。

倉庫には普段、鍵がかかっている。その鍵は牧野の作業部屋にあるはずだ。

牧野は気配を殺しながら、開いたままの扉を覗いた。

倉庫は四畳半ほどの広さで、壁際に設えた棚には店に並べきれない商品や、牧野が過去に作った文房具が保管してある。どれも廃番にしたもので、サンプルとしてとっておいたものだ。

西田は、そうした過去の作品たちが入っている箱を覗き込んでいた。

箱の外見や置かれている棚の位置を確認するように、少し離れては眺め、また他の箱を開けている。店先にも並んでいる新しい商品には興味がないようで、それらの箱を開けるとすぐに閉じた。

牧野は弧を描いた口元を手で押さえて隠した。

そのまま階段を上がり、さりげなく生徒たちの輪に戻った。

西田が階段を上がって来たのはそのすぐあとだ。気づかないふりをしながら西田の姿を追うと、西田も周りを気にしながら作業部屋に通じる引き戸を少しだけ開け、中に滑《すべ》り込んだ。出て来るまで、ほんの十数秒。だが牧野は、その間に西田が何をしているか想像した。

鍵を元の場所に返しただけではないだろう。

鍵の表面に刻印された数字さえ控えておけば本体がなくても合鍵を作れる。たぶん鍵を撮影したか、数字をメモしたかのどちらかだ。

「先生、あたしのゼリー、そろそろ切り分けませんか?」

戻って来た西田が声をかけてきた。

作り物の眩しい笑顔に、こちらも嘘の穏やかさで応えてやる。

「ああ、そうですね。他の人が持って来てくれたケーキも、そろそろ出しますか」

牧野たちの会話を聞きつけた生徒の一人が、デザート食べるんですか？　と陽気な声を上げた。

牧野は微笑みながらキッチンへ向かった。

一度しかない人生を生きる人間たちの、なんと無邪気なことだろう。

＊

夜遅くになって、玉緒はやっと戻ってきた。

日付が変わるまであといくらもない時刻だ。旅行鞄を提げたいつもの姿を見て、牧野は胸を撫でおろした。

「良かった……心配したんですよ。もう戻ってきてくれないかと思いました」

「悪かったな」ちっともそうは思っていない口調に聞こえるのは彼の性格ゆえだろうか。

「ちょっと気になるやつを見つけてな。追いかけてたんだよ」

なんとなく心がざわついた。玉緒が他の人間にも機会を与えるのは当たり前のことなのに、その人間が文房具職人でないことを祈ってしまう。

「で、どっちにするか決めたのか」

「それはまだです。でも、彼女たちが何をしたいのかはわかりました」

牧野はホームパーティーであったできごとを話した。

玉緒はおとなしく聞いていたが、いまひとつ理解できない様子だ。

「で……？　その西田は、倉庫から何か盗んだのか？」

「いいえ、まだ何も。あとで確かめましたが、箱の中身は無事でしたよ。たぶん、今夜やるつもりなんです」

「今夜？」

牧野は思わず声を震わせた。まったく、わかってみれば実に単純だ。

「泥棒ですよ」牧野でさえ想像できない罠ではなく、美人局ですらなかった。「倉庫に入ったときにやらなかったのは、大量に盗むつもりだからです。日曜日は人通りが多いし、二階の窓からは通りがよく見える。たとえば加納悠人に車を用意させて待機させたとしても、倉庫から運び出した箱を積んで逃げるなら夜のほうがやりやすい。ホームパーティーも、人込みにまぎれて鍵を盗むためにやらせたんです。きっと今夜、盗みに来ますよ」

「そのうえ自分がやったとバレにくいということか」玉緒は眉を寄せた。「だけど……」

「わかります。ただの文房具ですよね。でも西田が覗き込んでいたのは、期間限定で売った品物のサンプルが入っている箱だったんです。転売目的ですよ。昔は売るとしたら質屋にでも持ち込むしかなかったですけど、今はインターネットで簡単に転売できるんです」

だが高いといっても一生遊んで暮らせるような価格ではない。せいぜい女子高生が考える豪遊を一回か二回程度可能にする金額だろう。そのために捕まる危険を冒すなんてと普通なら躊躇《ためら》うが、そこで活きてくるのが渋谷で撮られた写真である。

あれはバレたときに牧野を脅すための保険だったのだ。

訴えるのと引き換えに未成年者との交際を世間に知られて名前に傷がつくくらいなら泣き寝入りをすると踏んでいるのだ。西田の考えなのか加納悠人の思いつきなのかはわからないが、二人はそのあたりを巧妙に計算しているに違いない。

可愛いずるがしこさ。

きっと二人は何度かおなじような行為を繰り返しているはずだ。

「そういうやつの体でいいのかね。牧野孝なら金持ちだったが、その二人はどうなんだ」

「知りませんよ。べつにいいんです。とりあえず文具教室に通えるくらいの環境は持っているんだし、なにより若い。二度も人生をやるとね、若さ以上の宝はないとつくづくわかりましたよ」

「女でもいいのか?」

「そこは、まあ、さすがに最初はおなじ性別を選びましたけど。三度目の人生ともなれば、趣向を変えてもいいかなって」

牧野はしなを作ってふざけたが、玉緒は笑わなかった。

諫《いさ》めるようにこちらを見ている。

牧野はかすかに恥ずかしさを覚えた。他人の人生を奪う行為を茶化《ちゃか》しすぎたと反省したのだ。

「……玉緒さん。だから、あの――」

玉緒は黒い爪を突き出した。

「舌を出せ」

西田の様子では、店の引き戸の合鍵も作っているはずだ。

そう考えた牧野は、家中の電気を消し、店の商品棚が作る暗がりに隠れて息を潜めた。

玉緒は二階ですべてが終わるときを待っているはずだが、耳を澄《す》ましても物音ひとつしない。

暖房を入れるわけにはいかないので、店の中は凍《こお》るような寒さだ。牧野は眠気に襲われるたび、口の中の棘で歯茎をくすぐって意識を引き締めた。

早く来すぎても困るが、まさか牧野の死の時刻より遅いということはないだろうかと怖くなった。だが今更《いまさら》、どうすることもできない。

午前一時を過ぎた頃、ようやく外の通りで風のような音が聞こえた。耳を澄ますと、ハイブリッド車のタイヤの音のようだった。なるほど、夜ともなれば人通りが途絶える商店街だから、なるべく走行音の静かな車を選んだということか。

牧野は背中を壁に押し付け、自分の体をさらに深く暗闇に押し込んだ。

引き戸のガラス越しに、黒い人影が見える。

髪のかたちやスカートの影からして西田のようだ。そのうしろには車の鼻先も見えるが、運転席までは窺えない。

虫がガラスにぶつかるようなささやかな音が続いたあと、引き戸がわずかに開いた。空気の流動を感じる。牧野は呼吸を浅くして一切の身動きをやめた。

乏しい街灯の明かりに西田の顔が照らし出された。笑っているわけではないが、目がぎらついている。獲物を狙う快感を知っている顔だ。音を立てないように体を滑り込ませるとき、反《そ》らした胸のふくらみに牧野の目は吸い寄せられた。

どうせ泥棒に入り、写真をネタに強請るならいちどくらい寝ておけば良かった――そんな考えが頭を過《よぎ》ったが、急いで追い払う。もし西田と魂の交換をすることになったら、今の考えにも心が苦《にが》くなるかもしれない。やめるんだと言い聞かせた。

西田は引き戸を開けたまま素早く店の奥へ足を進めた。並べてある品物には見向きもしない。レジ前のガラスケースの中には十万円前後の万年筆もあるが、ガラスケースを開ける鍵を見つけられなかったのだろう。それはレジの抽斗の中にあるのだが、探すよりは倉庫に向かった方が、確かに効率がいい。

西田の背中が階段のうしろへ消えた。わずかな明かりが、廊下の景色を滲《にじ》むように浮かび上がらせた。倉庫の天井にも電気はあるが、それにしては光量が少ない。きっと自分で持ってきた懐中電灯の明かりだろう。

箱を漁るような音が聞こえて来た。

牧野は心を決めて歩き出そうとした。

ところがそのとき、もうひとつの人影が引き戸の隙間をくぐった。

加納悠人だ。

教室では見たこともないほど真剣な表情をしている。その顔を見たとき、なぜか心が奇妙に波立った。なんだろうと考えたかったが、それよりも身を隠すほうが先だった。牧野はわずかに乗り出していた背中を壁に押し付け、ふたたび息を殺した。

加納悠人は手元で何かを操作すると、奥へ進んだ。牧野は耳を澄ましたが、西田と加納悠人の会話は聞こえない。

一体、何をしているのだろう。

考えたが、二人が戻って来る気配はない。

牧野は意を決して暗がりを出た。腰を落として進み、店と廊下の隙間を覗き込んだ。

倉庫の扉は大きく開かれ、そこに加納悠人が立っている。奥では西田が品物を漁っているようだ。加納悠人は両手で何かを構え、その姿を撮影している。どうやら自身のスマートフォンで西田を撮影しているようだ。

盗みの現場を撮影？

その行為の異様さよりも、牧野は今後の行動を不安に思った。棘を使う瞬間を撮影されたら大変だ。なんとかしてスマートフォンを取り上げなければ。

考えたとき、西田の声が聞こえた。

「え……悠人？」

反射的に牧野は壁のうしろに隠れた。西田の声はこっそりと盗みを働こうとしている者にしては大きかった。

「何してるの、車で待っててって言ったじゃない」何かに気づいたように言葉を切る。

「それ……ねえ、まさか撮ってるの？」

牧野はそっと壁の縁《ふち》から顔を覗かせて二人の様子を窺った。

西田は倉庫の奥で身を竦め、加納悠人がゆっくりとスマートフォンを下げた。

「車の中でも録画してたんだよ」加納悠人の声は静かだが、よく通った。教室では聞いたことがない凛とした口調だ。「その前のことも録音してる。君が牧野先生の家に盗みに入る計画を僕に打ち明けたあたりからね」

「え……？　ちょっとそれ、どういうことよ」

「君に泥棒の件を相談されたときからこうするつもりだった。君を止めたくて」

少しの沈黙のあと、西田の声が急に甘くなった。

「あたしのこと、そんなに心配してくれてるってこと？　それは嬉しいけどさ、ほんとに大丈夫だよ。前にも何人か、オヤジを引っかけたけど、みんなちゃんと黙ってたもん」

当惑しつつも、牧野は頭の中で事態を整理した。

つまり西田はこの行為を何度も繰り返しているが、加納悠人のほうは今回が初めてというわけか。

だが、それならなぜ、西田を止めようとしているのだ。西田の声の甘さが示すような、愛情ゆえの心配なのか……？

「勘違いするなよ」加納悠人の声が怒気を帯びた。「守りたいのはおまえじゃない」

「は?」西田の声は尖《とが》った。

だが加納悠人は怯《ひる》まない。

「僕が守りたいのは牧野先生だ。牧野先生の心と、先生の作品だ。おまえじゃない」

牧野の喉が音を立てた。

夜気に響く音だったが、すぐに応じた西田の声に掻き消されて、こちらの存在を気取《けど》られることはなかった。

「あんた何言ってんの。あんただって牧野のノート盗んだじゃん。まだ店に並んでないやつ。あれどうしたの。転売したんじゃないの」

「あれは」加納悠人の声がたじろいだ。「出来心、だったんだ……」

「はあ? 馬鹿《ばか》じゃないの。何言ってんの」

「とにかく、今すぐここから出て行ってくれ。先週の写真ならもう消した。でも君の録音はクラウドに保存してある。世間にバラされたくないなら、このまま牧野先生のところから消えて、二度と現れないでくれ。そのあと君がどこで何をしようと関知しない」

「あんた、ほんとに何を言ってるの……」

加納悠人は答えない。

ただ、一歩、うしろへ下がった。

牧野の心がまた波立った。何だろう。この感覚には覚えがあるが、名前がわからない。さわぐ心に押されるように首を伸ばしてしまった。

「あっ」

壁の縁から上半身のほとんどを突き出してしまったことに気づいた時には、西田が手にした懐中電灯の光が牧野を照らしていた。

三人が同時に息を呑む。

しかし動いたのは西田一人だった。若い女は俊敏に駆け出すと、加納悠人も牧野も突き飛ばして引き戸に突進し、派手な音を立てながら外に飛び出した。

牧野は咄嗟にあとを追おうとした。西田を嚙もうと思ったのかはわからない。だが踵《きびす》を返すより先に加納悠人に呼び止められた。

「先生！」その声にまた、心がざわつく。

引かれるように体を向けた牧野に加納悠人は深々と頭を下げた。突然のことに牧野はまったく動けなくなった。

「すみません。聞いていたならわかったと思いますが、僕は西田さんと一緒に先生の作品を盗もうとしていました」でも、と付け加えるなり、頭を上げる。真剣な光を宿した目が、暗闇の中でも光って見えた。「僕は彼女を止めたかったんです。盗みに入ろうとしていることを先生に告げ口しなかったのは、先生が西田さんと……仲が良かったからです」

牧野は呻いた。何を言おうとしたのか自分でもわからない。

背筋を正した加納悠人は言葉を継いだ。

「泥棒をするために先生に近づいたとわかるよりは、気が変わって去っていったように見せかけたほうがいいと思ったんです。そのほうが傷つかないから……」

傷つかない。それは。

「俺が……？　君は、俺を――守ろうとした？」

加納悠人はまっすぐに牧野を見て、頷いた。

「なぜ、そんなことを」

加納悠人は目を伏せ、少し早口になって言った。

「僕は父に会ったことがありません。僕が生まれる前に亡くなったそうです。父は文房具が好きで、いつか自分の店を持ちたいと話していたと母から聞いています。母は、父が文房具の構想を書き付けていたスケッチブックを形見として持っていて、それは母が亡くなってから、僕が受け継ぎました。父は先生のような有名な人じゃないけど、でも、本当に失礼かと思うんですけど――先生の作品のいくつかは、父のスケッチブックにあったものと似ているんです」

牧野の体が、寒さのせいだけではなく震えた。

目を伏せている加納悠人は続けた。

「さっきの話を聞いていたならわかったと思いますけど、僕はいちどだけ先生の新作のノートを盗みました。買えば良かったんですけど、でもそれが本当に、父のスケッチとそっくりだったから……。誤解しないでください、先生が父のアイデアを盗んだなんて思ってません！　ただ嬉しかったんです。先生みたいなすごい人と、無名のまま死んだ父がおなじことを考えていたということが……。本当に、すみませんでした」

加納悠人はもういちど深く頭を下げた。

そのとき牧野はさきほどから胸をざわつかせていた感覚の正体に気づいた。加納悠人の真剣な目つきが、かつて愛した女性の表情とよく似ていたのだ。

話し合いをしたい――。

あれは別れ話ではなく。

まさか。

「君は……」

激しい混乱に掻き乱される思考回路が、勝手に逃げ道を探し始めた。

「だけど、名前が……彼女の苗字は原澤《はらさわ》――」

「僕は母の死後、伯母《おば》夫婦に引き取られたから、そのときに苗字も」言いかけた加納悠人は言葉を切った。

わずかな空白のあと、頭を上げる。

窺うようにこちらを見た目も、やはり牧野の記憶を刺激した。

「どうして僕の母の苗字を知ってるんですか……?」

牧野は頭を振った。喉が詰まり、息が吸えない。何度も呼吸をしようと肺を膨らませ、そのときやっと本当に気管が詰まっていることに気づいた。

胸が爆発するように熱い。耳鳴りがする。

目が勝手に動き、店の壁の掛け時計を見た。暗がりに沈む掛け時計の針は、午前一時五十分を指していた。

「時間……」掠れた声でそれだけを呟いた。

「先生? 口の中に、それ、何か……」

牧野は階段を見た。玉緒の名前を叫ぼうとするが、喉はまったく動かない。どんどん胸が熱くなり、痛みとも痺《しび》れともわからないものに全身が侵されていく。

死の時が近づいている。逃れるには棘を使うしかない。

だが、目の前にいるのは。

「もしかして、具合が悪いんですか？」

加納悠人が近づいてきて、手を差し伸べた。

牧野はその手に縋《すが》りついた。引き寄せれば簡単に、若い首筋に棘を突き立てられるだろう。

もういちど階段を見上げる。玉緒に降りてきてもらいたかった。そしてたった一言、牧野の才能が必要だと言ってほしかった。

そうじゃないと。

息子の体を奪うなんて。神の許可がなければ、そんなことはあまりにも。

「——緒、さ……」

呼びかけても、階段の上の暗闇は揺らがない。


階下の物音に耳を澄ましていた玉緒は、重いものが倒れる音と、牧野の名前を叫ぶ青年の声を聞いてから窓際へ寄った。

淡い光を頼りに手帳を広げる。牧野が作り置きをしてくれた新品だ。

まっさらなページの上にマイスターシュテュック１３８のペン先を落とす。

平成三十年（西暦二〇一八年）二月十一日

世話になっていた文房具職人、三度目の人生へ進もうとしたが、己の弱さに邪魔をされる。


優柔不断は短命の条件か？

新しい職人を探さなければならないのが面倒くさい。


万年筆のキャップを丁寧に締めて手帳と一緒にポケットへしまい、玉緒は旅行鞄の持ち手を摑んだ。

ガラス越しに通りを見下ろす。加納悠人が停めた車が隅の方にぼんやりと見えるだけで、人影ひとつない。

玉緒は窓を開けた。

ここから飛び降りるくらい、なんでもない。

氷の王子

――恋愛と戦争では手段を選ばない
(イギリスのことわざ)

パーティーが続いているフロアを離れて、瀬名樹《せないつき》はビルの外まで若者たちを見送りに出た。

明日は樹が代表を務めるアパレルブランド『流星《りゅうせい》』の実店舗のオープン日である。いままではネットショップだけでやってきたが、マスコミに取り上げられることが多くなったのを受けて現実世界にも店を構えることにした。

『流星』の経営手法は確かに珍しい。ふつう、こうしたブランドの顔となるのはデザイナーだが、『流星』の場合は社長を務める樹に注目が集まっている。とはいえ、それは仕方がないことだ。樹は無名の若いデザイナーを自《みずか》らスカウトし、プロデュースして売り出している。若者たちは樹を中心とした家族のようなもので、インタビューを受けても樹がいかに自分たちを引き上げてくれるかを語るので、自然と樹の存在がクローズアップされているのだ。

今夜はオープン前日ということで、実店舗となるビルで簡単なパーティーを開いた。ビルは横浜《よこはま》駅前の三階建てで、一階と二階が店舗、三階は事務所だ。社員とデザイナーたちは三階事務室の机を壁際に寄せて床にクッションを並べ、ケータリングの料理と酒で思い思いに楽しんでいる。

しかし時刻は午前零《れい》時に近づき、そろそろ若者たちを帰らせなければならない。樹がスカウトし、育てているデザイナーは皆、二十歳《はたち》前後のひよこたちなのだ。

「じゃあ社長、明日はお昼頃でいいですか」

裏口から出て店舗前まで送りに出た樹に、若者の一人がそう尋《たず》ねた。

樹は頷《うなず》いた。こちらを見る可愛いひよこたちの目が輝くのが見えた。

「店の状態を見に来るだけだから、そのくらいでいいんだ。それよりみんな新作のデザインを怠《おこた》らないでね。『流星』はこれからが正念場なんだから。いいね」

はい、とあちこちから素直な返事が飛んでくる。

樹は微笑したまま、一人一人の顔を見た。樹の手元にいるデザイナーはいまのところ五人、男女混合の集団は、なんだか子犬と子猫が入り乱れているように見える。

「それじゃあ、気をつけて。特に女の子たち、夜道にはくれぐれも注意してね」

そう言って群れのなかに二人しかいない女性たちの頭を撫《な》でてやると、二人とも頬《ほほ》を紅潮させて照れくさそうに笑った。セクハラだと言われかねない行為だが、女性たちどころか三人の青年も少し羨《うらや》ましそうに彼女たちを見ている。

彼らの頭も撫でてやろうかと考えて、樹はやめた。

さすがにそれはやりすぎだろう。

青年のなかには最年長の二十二歳のデザイナーもいるが、彼と樹は、ほんの三つしか違わないのだ。

代わりに樹はとびきりやさしく微笑《ほほえ》んでやった。

「おやすみ」

「おやすみなさい！」

口々にそう言った全員の目がひときわ輝き、声が高揚する。

若者たちはもういちど、一瞬だけ樹を見つめると、名残惜しそうに駅のほうに向かって歩き出した。

樹はその後ろ姿を見送った。

三月の夜は底冷えがして、人通りも少ない。駅にはまだ煌々《こうこう》と明かりがついているが、周辺の店舗は営業時間が終わってシャッターを下ろし、あたりは静かな闇に包まれている。

その寒さが、アルコールで火照《ほて》った体に心地《ここち》よかった。

樹は顔を横に向けた。店舗の一階の照明は落とされ、ショーウィンドーに『流星』のデザインロゴと売れ筋の服を着せたマネキンが立たせてある。このショーウィンドーを飾る服が誰のデザインになるかを、さっきの若者たちは競うことになるが、それはなにも売り上げが一番の服とは限らない。樹がそのとき目を引くと判断した服である場合もあって、それが彼らの士気を高めている。

ショーウィンドーに映る自分の顔を樹は眺《なが》めた。

顔立ちは整《ととの》っている。面長《おもなが》で目が大きく、髪は細くてやわらかい。女装したら似合うだろうと言われるが、それはたぶん部品のひとつひとつがやさしげな形をしているせいだ。

背は高いが華奢《きゃしゃ》なので、写真だけでしか樹を知らない者は、本物の樹と向かい合うと長身であることに驚く。

若者たちの、とりわけ、女性たちの視線を思い出した。憧れと好意。しかしそこに欲はない。彼女たちは樹を描かれた聖人のように見つめる。青年たちもそれは変わらない。彼らの場合は、自分たちも努力をすれば樹のようになれるかもしれないという望みのようなものを感じるが。

どちらにせよ、樹に心を奪われていることに変わりはない。

樹は自分の頬にそっと指をあてがった。

指の冷たさが記憶の底をざわつかせる。彼らは樹の正体を知ってもあんな目で見つめてくれるだろうか。樹が過去に何をしてきたか、そして、それがあるからこそ今の樹があるのだと知っても……。

考え始めたとき、こちらに近づいて来る人影に気づき、樹は手を下ろした。

駅の方からまっすぐに歩いて来る。シルエットからして女性だったので、デザイナーの誰かが忘れ物でもしたのかと思った。

「だれ――」

言いかけた樹の舌が止まった。

近づいて来る相手の顔は見慣れたものではなかった。歳《とし》もデザイナーたちよりは上、樹とおなじくらいの女だ、とわかった瞬間、相手は前のめりになって樹に駆け寄った。

逃げる暇もない。

わずかに背中を引いた時には、喉元《のどもと》に細い刃物を突き付けられていた。

「大きな声を出さないで。もし叫んだら、今ここであなたを殺さないとならない」

囁《ささや》いた声は掠《かす》れて、捻《ねじ》れるような高揚に満ちていた。

樹は口を開いたまま固まった。

間近に迫った女の顔が心の底をざわつかせ、ひとつの名前を弾《はじ》き出した。その名前と、名前に付随する記憶の数々に、温まっていたはずの体が一瞬で冷える。

「……江間《えま》……菜々美《ななみ》」

思わず呟いた瞬間、樹の顔に視線を這《は》わせていた女の口元に笑みが広がった。

刃物を突き付けながら浮かべるべきではない、晴れやかな笑みだった。

「覚えていてくれたのね、樹くん。とても嬉《うれ》しい」

「君、だけど」否応《いやおう》なく展開される記憶の数々に、樹の足は震えた。それらはまさに、さきほど若者たちを見送った樹が、彼らに見せたくないと考えた罪の記憶だった。「……なぜ、何をしに……?」

菜々美はわずかに笑顔を淡《あわ》くした。

「一緒に来て欲しいの」

そう言いながら刃物をより強く樹の喉元に押し当てる。

「今夜は……」

樹はビルを見上げようとした。三階の明るさを見れば、菜々美も人がいると悟って気を変えてくれるのではと思ったのだ。

だが菜々美はすかさず言った。

「樹くんは夜の散歩が好きなんでしょう？　みんなで呑んでいるときにふらっといなくなって、帰って来ないこともある。先月のインタビューで言ってたじゃない」

怖気《おぞけ》が樹の背筋を駆けのぼった。確かに、とある雑誌の先月号に掲載されたインタビューでそういう話をした。だがその調子だと――。

「あなたの記事は全部読んでる。だから、ね？　一緒に来て」

咄嗟《とっさ》に、樹は菜々美の腹を蹴《け》ることを考えた。刃物は触れんばかりの距離で喉に迫っているが、菜々美は樹の目をまっすぐに見ているので足には意識がいっていない。腹を蹴ればうしろに転《ころ》げ、その隙《すき》に樹はビルの中に逃げ込めるだろう。裏口ドアにカギをかけてしまえば菜々美は入って来られない。

しかし、樹の体は動かなかった。

刃物が恐ろしかったのではない。

ただ、従うべきだと思ったのだ。自分が菜々美にしたことを思えば、八年も経《た》ってふたたび現れた彼女の恨《うら》みに応《こた》えてやるべきだと。

樹はゆっくりと瞬《まばた》きをした。

「わかった。……どこに行けばいい？」

了承した途端《とたん》、菜々美はかすかに表情を曇らせた。

＊

菜々美が樹を連れて行ったのは、薄暗い路肩の奥だった。そこに停《と》めてあった軽自動車の後部座席を樹に開けさせる。その間、刃物はずっと樹の首を狙っていた。

「中に入って、うつぶせになって」

さすがに躊躇《ためら》うと、刃物の切っ先が皮膚に触れるのを感じた。痛みというよりは冷たさに似た感覚が奔《はし》る。仕方なく座席の上に乗り上げると、さらに言われた。

「腕をうしろに回して。縛《しば》るから」

「菜々美さん――」

「言う通りにしてね」

束《つか》の間《ま》、考えた樹だが、それでも指示通りに両腕を腰のうしろで交差させた。だが菜々美の手が触れたのは樹の足首だった。細い紐《ひも》のようなものが足首に巻きつけられるのを感じる。蹴られないかと用心しているのが、菜々美の息遣いでわかった。

足を縛り終えると、菜々美は樹の手首もおなじように紐状のもので束《たば》ねた。ビニール紐だろう。皮膚に食い込み、血流が滞《とどこお》ったが、文句を言うまえに菜々美は樹の体の片側を摑み、床に落とした。

「うっ……」

頭と肩が床にぶつかり、樹は唸《うな》った。その隙にポケットを探られ、スマートフォンを取り上げられる。さらに指紋認証ボタンに親指を押し付けられ、パスコードを解かれた。

「騒いでもいいけど、たぶん消耗するだけだと思う」

それだけ言って、菜々美は後部座席のドアを閉めた。なんとか首を動かした樹だが、目の前には座席の足元があるだけで窓のほうを見ることはできない。すぐに運転席のドアが開き、車が揺れて、また閉まった。

エンジンがかかる音が聞こえる。

「こんなことをして、すぐに仲間が気づくよ」

車が動き出したのを感じて、樹は声を張り上げた。

「別にいいの。明日の朝までかからないから」

「何をするつもりなんだ」

「来ればわかる。……樹くん」菜々美の声が柔らかくなった。「ありがとう。あなたは八年経っても昔とおなじくらいきれいね」

樹は思わず口を閉じた。さっきの、樹の顔を這った眼差《まなざ》しを思い出したのだ。

「八年のあいだに、僕は変わったよ」

菜々美からの返事はなかった。

車はそのまま走り続け、時折カーブを曲がったのか大きく揺れた。樹は拘束《こうそく》を解こうともがいたが、ビニール紐は皮膚に食い込むばかりで一向に緩まない。せめて体勢を変えようともがいてはみたものの、それも不可能だった。

諦《あきら》めて息をついたとき、菜々美が言った。

「樹くんはあの辺にはよく来るの？」

「……あの辺？」

「石川町《いしかわちょう》のあたりよ」

樹の胸が冷えた。石川町は横浜の、外国人墓地などの観光地があることで有名な元町《もとまち》の隣町だ。

そこで樹は、生まれてからの十二年間を過ごした。

「どうして、石川町に向かってるの？」高まる緊張を押し殺しながら尋ねた。

菜々美はかすかに笑ったようだった。

「なあに？　言い方が変わったね。怖いの？　ご両親のことを思い出してしまう？」

樹は唇を噛《か》んだ。菜々美の口調は樹の心を逆なでするものだが、もちろんわざとそういう喋《しゃべ》り方をしているのだ。

樹の頭の中に容赦《ようしゃ》なく十二歳の冬の朝の記憶が蘇った。

あれは小学六年生の終わり、卒業式を間近に控えた三月。今頃の季節だった。

春休みなどという言葉がむなしくなるほど寒い朝で、樹はずいぶん寝坊してしまった。枕もとの時計を見ると八時を過ぎていて驚いた。なにしろ両親は厳しい人で、休日であっても七時になると起こしに来た。

お母さんはどうして来なかったんだろう。

不思議に思いながら部屋から、廊下に出た。

当時樹が暮らしていたのは、両親が結婚と同時に購入した一軒家。二階にあった樹の部屋から、母親がいるはずのリビングダイニングまで階段を伝って降りる。ふつうなら階段を降り始めたあたりで一階の物音が聞こえてくるはずなのに、それもなかった。なんだか足音を立てるのが申し訳ない気持ちになるほどの静けさのなかで、樹はリビングダイニングのドアを開けた。

お母さん――。

そう呼びかけながら入ったリビングダイニングには、母だけでなく父もいた。

ただし母はパジャマ姿のまま床に倒れ、父は天井の梁《はり》に縄を引っかけ、それに首を通して浮いていた。母の首にくっきりと残る父の手の痕《あと》と、父の爪先《つまさき》と床の十センチほどの隙間を、樹は今も鮮やかに記憶している。

父が母を絞め殺《し》し、その後に自殺したと樹は聞いた。そして子供だった樹は知らなかったが、父は学生時代からの親友の借金の保証人になっており、それを母にも黙っていたらしい。挙句《あげく》に親友だと思っていた男は逃げてしまい、父はすべてを打ち明けた母が樹を連れて逃げるのではないかと恐れ、あの凶行に踏み切った。

「その話をあなたから聞いたとき、わたしがどんな気持ちだったかわかる?」

わからないと樹は正直に答えた。幼い頃に受けた衝撃が蘇《よみがえ》ってきて、強い声を出す気力は失《う》せていた。

「嬉しかったの」

本当にそう思っているようにしか聞こえない菜々美の声を聞いた途端、樹の胸に怒りが宿り、力が湧いた。その力を樹は声に込めて発した。

「あんな話が楽しいっていうのか」

「そうじゃなくて。その話を女の子にしたのはわたしが初めてって言うから、嬉しくなったの。でも今思うと、あれも本当じゃなかったのかな」

樹の心から、ふたたび力が失せていった。

「……本当だった」

「そうなの。でも今のあなたが真実を言っているかどうかはわからないわね」

車がふたたび大きく揺れた。

「菜々美」

「なあに？」

「これからどこに行くつもりなのか、教えてくれないか」

「わからない」

「わからないの？」

「わからない。すまない……」

「今日が何の日か、あなた覚えてないの？」

樹は返事に詰まった。急いで記憶を掻《か》きまわし、菜々美のこの行動の源であろう日にちを確かめようとしたが、残念ながら日付までは覚えていない。しかしあれはもう少し暖かい頃だったと思う。こんな寒い、凍り付いたような夜ではなかった。

長い溜息が聞こえた。

「あなたがわたしに初めて声をかけた日よ」

「ああ、そうか。今日だったんだね、忘れたわけじゃ――」

「見え透《す》いた嘘はやめて」

ぴしりと言われて、樹は口を噤《つぐ》むしかなかった。

菜々美に初めて声をかけた日。我ながらひどい話だが、そのときの記憶は曖昧《あいまい》になっている。

覚えているのは、菜々美に声をかけるずっと前から、樹が菜々美のことを観察していたということだ。

菜々美を見つけたとき、樹は十七歳だった。両親の死後は元町で暮らしていた祖父母の家に身を寄せ、バスで二十分ほどのところにある高校に通っていた。

樹が通学に使っていたバス停は、港の見える丘公園の前にあった。そこと祖父母宅を行き来するには外国人墓地の前を通るのだが、週に何度かそのあたりでスケッチをしている女の子がいることに気づいた。

髪が長く、丸顔で、ときには学校の制服を着たままのことがあったから、近くの女子高の生徒だとわかった。樹は彼女をしきりに観察した。所作や描いている絵、顔つきなどから、そのとき樹が求めていた実験体にふさわしい子なのではないかと感じたからだ。もちろん勘《かん》だけで動くわけにはいかない。時には相手に気づかれないように尾行して自宅をつきとめ、家の様子を窺うこともあった。

できる限りの調査が終わり、間違いなく求めていた相手だとわかったところで声をかけた。それが菜々美だった。

「すまない」

その日、その瞬間のことを思い出して、樹は呟《つぶや》いた。

途端に大きく車が揺れた。

「謝るのはやめて」

菜々美がそう言った瞬間、車は停止した。

エンジンが切られ、運転席のドアが開いて冷たい空気が流れ込んできた。

樹は耳を澄《す》ました。

運転席のドアはすぐに閉じてしまったが、外のざわめきが聞こえたのだ。流れ込んで来た音は車の走行音ではなく、もっと深い音。木々がざわめく音だった。

まさか、と唇が動いた。

菜々美との思い出のなかでももっとも忌《い》まわしい、今では思い出すのも嫌《いや》な夜の映像が頭の中を駆《か》け巡《めぐ》っている。

「……こんなところに……君は……」

腕を動かし、ビニール紐を解こうとした。これから菜々美が何をしようとしているにしても、受け止めるのが自分の役割だと思った。しかし、ここが樹の予想通りの場所であるなら話は別だ。こんなところを再訪するほど菜々美が追い詰められているのなら、むしろ自分がやるべきことは彼女から逃げることだ。

「樹くん」

樹の足側のドアが開くなり、菜々美の張り詰めた声が聞こえた。

流れ込んで来た空気はさっきよりも冷たく感じられ、樹は鋭く喉を鳴らした。

「足首を解放してあげるけど、蹴らないでね。ちゃんと最後までやってからにしたいの」

曖昧な言い方がかえって恐ろしい。樹は菜々美の手の感触から逃げたい衝動を覚えたが、奥歯を噛んで堪えた。

小さな音がして、ビニール紐が切られる。

「菜々……」

言いかけた樹の息が詰まった。

菜々美が樹の襟首を摑《つか》んで上半身を引き上げたのだ。そのまま座席の縁に頭を押し付けられる。

「出てきて」

歯噛みしたが、今は言われるままにするしかない。腕は拘束されたままなので、ひどく苦労しながら後部座席を降りた。

地面に足をおろしたのと同時に、ナイフを持って待っていた菜々美に腕を摑まれる。

「ここがどこだかわかるよね、樹くん」

わかりたくもない。

樹は心の内で拒絶したが、それは無駄な努力だった。

*

菜々美は周囲の光景を見渡すように頭を巡らせた。

打ちのめされている樹も、菜々美の視線を追いかけてしまう。

車が停まったのは大きな公園の門の前。門の周囲は小さな商店街になっているが、今はすべての店の明かりが消えている。街灯さえほとんどなく、人通りは言うべくもない。そして公園は穏やかな斜面に沿って作られており、あたりには大きな木が鬱蒼《うっそう》と茂っている。遊具が充実し、子供たちが遊びまわる公園ではなく、近所の住人が散歩するために作られた施設——はっきり言ってしまえば、何らかの理由で余った土地を公園と呼ぶことで埋め合わせをしているような、そんな寂しい場所だった。

樹の耳に、木々のざわめきが流れ込んできた。その音に責められているようで冷や汗が噴き出す。

ぐいと腕を引かれた。

「行きましょう」

樹は足を踏ん張った。こちらを見た菜々美の表情は、辺りが暗すぎて窺えない。その霞《かすみ》の向こうにあるような顔に向かって樹はなんとか囁《ささや》いた。

「そろそろ、仲間が……僕の仲間たちが、僕を探している頃だと思うよ」

「だとしても別のところに行くと思う」

「どういうこと」

「さっきここに来る途中で、港の見える丘公園の近くを通ったの」表情は見えないが、菜々美の声は笑っていた。「知ってるでしょう？　あの公園は海沿いに細長く延びていて、夜でも人の出入りができる。少しだけ窓を開けて、音を切ったあなたのスマホを公園の茂みのほうに投げた。仮にあなたの仲間があなたの居所を気にして位置情報システムを使ったとしても、すぐには探しに来れないんじゃないかな」

これには樹も黙るしかなかった。若いデザイナーたちを見送ったまま戻ってこない樹を、残っているスタッフは気に掛けるだろう。誰かが下まで見に来るかもしれない。そしていなくなっていることを心配して電話を鳴らす……ここまではしても、わざわざ迎えに来るとは思えない。

樹はデザイナーたちだけでなく、スタッフに対しても、高い場所にいる特別な人間のように振舞ってきた。樹さんなら気まぐれに夜の散歩に出てもおかしくないよね、と言い合い、そのうちクッションの上で眠ってしまうスタッフたちの姿が目に浮かぶようだ。

菜々美がもういちど樹の腕を引いた。

抵抗する気力が残っていない樹は従うしかない。

公園の敷地に踏み込むと、いっそう暗闇が深くなった気がした。息をするだけで肺の中から凍り付くようだ。

「菜々美……」無駄だとはわかっていても、呼びかけずにはいられなかった。「どうしてここに来たんだ。こんな、君にはつらいはずのところに……」

菜々美は答えない。ただ暗がりの中を進んで行く。

地面を擦《こす》る靴音《くつおと》を聞いていると、やがて足元の感触が変わった。斜面にさしかかったのがわかり、樹はもういてもたってもいられなくなった。

「やめろ」足を止めて低く言う。菜々美が腕を引いても頑《がん》として動かなかった。

菜々美は無言だ。周囲の木々が作る影が濃すぎて、お互いの姿さえ見えない。

樹はその場に膝をついた。謝ろうと口を開いたところで、頭上から菜々美の声が降ってきた。

「樹くん。わたしは聞きたいの。あなたがここでわたしにしたことの理由」

喉まで出かかっていた謝罪の言葉は呻《うめ》き声に変わった。

今は暗闇に沈んでいるこの場所が、長い夕焼けにいぶり出されていた八年前。樹がこの目で見届けた惨劇《さんげき》が蘇ってきた。

菜々美に初めて声をかけた日から、たぶん三か月ほどが経過していたと思う。はっきりとした日にちを憶えていないのは、樹にとって期間は重要ではなかったからだ。

樹が見ていたのは、菜々美の変化だった。

初めて声をかけたとき、菜々美の目は明らかに樹に興味を示した。樹は自分の容姿と声の効果をフル活用し、菜々美の心の掌握《しょうあく》に努めた。いよいよ彼女が自分を愛し始めたと知ると、樹は両親の無理心中の話を持ち出し、これを話したのは君が初めてだと打ち明けることで、菜々美の心に最後の楔《くさび》を打ち込んだ。仕上げに菜々美を抱いたのは言うまでもない。

そうやって菜々美のすべてを手に入れてしまうと、いよいよ実験の成果を見るための行動に移った。

初夏の爽《さわ》やかな夕暮れ時、樹はこの公園に菜々美を呼び出した。その季節のその時間帯を選んだのは、菜々美が油断するだろうと計算したからだ。

公園で菜々美を待たせ、樹は少し離れたところから菜々美に電話をかけた。そして「君にもっと近づきたいのだ」という意味の話をした。もちろんこのときまでは慎重に、悲劇を背負ったやさしい王子様の仮面を被《かぶ》っていた。

「僕はとても不安なんだ。人を好きになっても、いつかその人が僕を裏切るんじゃないかと思えてくる。お父さんがお母さんを殺したように。だけど本当の僕は人を信じたい」

抑揚まで計算しての台詞《せりふ》だった。

菜々美は、少し不思議に思った様子だったが、剝《む》き出しの純粋さを感じさせる声で熱心に言った。

「わたし、樹くんのためなら何でもするよ」

「本当に？　君のことを信じていいの」

「もちろんだよ。どうしたの、急に」

「もし君が僕を愛していてくれるなら、何が起きてもそこから逃げないで」

電話を切った樹は建物の陰に、あらかじめ待機させておいた友人を呼んだ。

今ではもう名前さえろくに憶えていない。繁華街で声をかけた、年上の男たち三人だった。

三人を菜々美のもとへ向かわせる。

電話が鳴ったが、樹は出なかった。

充分に時間が経ってから菜々美のもとへ行くと、彼女は木立の陰で震えていた。樹はできるかぎりの素晴らしい泣き顔を作ってあられもない姿の菜々美を抱き締め、何度も謝った。

「どうして」強張《こわば》った声で菜々美は尋ねた。「こんなこと、なんで……させたの」

「ありがとう。君は逃げなかった。僕の頼みを聞いてくれた。君は僕を愛してくれているんだ。大好きだよ」

甘い言葉をかけ続けると、菜々美は樹に縋《すが》りついてきた。菜々美の汚れた背中をさすりながら樹は、実験の第一段階はクリアした、と思った。

それから半年ほど、樹は菜々美と付き合いを続けた。それもまた樹が望んでいたことだ。あんなひどいことをされても樹を愛するかどうか。思惑の成功が嬉しかったのと、あとひとつの山を乗り越えれば達成だという興奮から、あの時期の樹は天使のようにやさしかったと思う。

菜々美を襲わせた男たちは適当にやり過ごし、そのうちに会わなくなったが、そのことはあまり問題ではなかった。樹を恐喝する頭もない連中を選んだからだ。

そして菜々美に対しては、体に残る傷が消え、警察に届けたところで証拠も示せない時期がくると、彼女を捨てた。

菜々美は最初こそしつこく、なぜ急に別れると言うのかと問い詰めてきた。樹は理由を話さずただ無視し続けた。それも樹が考えたシナリオだった。想定した通り、菜々美はすぐに追及をやめ、おとなしく引き下がった。きっと樹の態度に自分なりの納得がいく理由を見つけて、悲劇のヒロインを気取って離れていってくれたのだろう。うまくいきすぎて拍子抜けしたくらいだ。実験は成功し、樹はその経験を踏まえて、いよいよ本番に乗り出したのだ。

だがそれは間違いだった。

純粋な少女の愛情を勝ち取り、陥《おとしい》れて、辱《はずかし》めても恨まれることなく、きれいに別れる。

成功したと思っていた。しかし八年経ってからこうして樹のまえに現れたのなら、最後の段階で失敗していたことになる。

「わたしはずっと考えていたの」菜々美の声は静かだ。雪を浴びているように、樹の体が芯から冷えていく。「何がいけなかったんだろうって。なんであなたは離れていったんだろう。いけないことをしたのかな……あんなひどいことをされても我慢したのに、どうしてって……。たどりついた答えはひとつしかなかった。ほんとはずっとそうじゃないかって思っていて、でも否定してたこと。認めたくなかったし、そうだとしても理由がわからないから……だけどもう無視できなくなって、あなたに直接、訊くことにした」

「八年……」自分の耳に聞こえて来る声はひどく虚《うつ》ろだった。「そんなに長いあいだ、君は……僕のことを」

「あなたを探そうと決めたのは去年のことよ。わたしは世間のことには疎《うと》かったけど、あなたの名前を検索したらすぐに見つかった。すごいね、樹くん。写真のなかのあなたは、わたしの心を虜《とりこ》にした頃のまま変われいだった。それからは一所懸命、いつ捕まえるか考えた。あなたのお店のオープンが、わたしに声をかけた日の翌日だったのを知ったときは嬉しかった。嬉しいなんて感じる自分が、嫌になったけど」喉元に何かが触れた。冷え切った膚《はだ》を粟立《あわだ》たせる感触は、きっとナイフの峰《みね》だろう。「ねえ樹くん。話して。わたしはあなたの何だったの?」

樹は目を瞑《つむ》った。目を開けていても、見えるのはおなじ暗闇だったが、今は自分の中の夜を見つめたかった。

「本当のことを話す前に、ひとつ教えて欲しい」

「何……？」

「僕が本当のことを、真実を打ち明けたら、君は僕を殺さないでいてくれるか」

「死にたくないなんて、氷の王子様にふさわしくない感じね」

菜々美は暗い空を仰いだ。吐き出した息が白く立ち昇っていく。

「いいよ。ただし、絶対に本心を打ち明けて」

「うん……」樹は深く息を吸い込んだ。「話すよ」

＊

「僕は人を操れるようになりたかったんだ」

告白したあと、樹はいったん口を閉じた。

菜々美が衝動的に樹の首を切るのではないかと身構えたのだ。しかし皮膚に食い込んだ峰は動かず、菜々美が先を促すように樹の肩を掴んだので、続けた。

「両親が死体になっている姿を見たとき、僕が考えたことは君には言わなかった。僕はこう感じたんだ。負けだ、って」

今でもはっきりと心に焼き付いている。

絶命し、人形のように手足を投げ出して倒れている母の姿。普段の母は身なりに気を配る人だったのに、死んでしまってはそんなこともできない。父に至っては、たぶん帰宅したままだったのだろう背広姿で、股間は漏《も》らした尿で汚れていた。

父にすべてを押し付けて逃げたかつての親友の行方は知らない。だが彼はどこかで生きているのだろう。もしかしたら、それなりに楽しく暮らしているのかもしれない。だとしたら、彼のほうが「勝ち」だ。

勝たなければならない。

樹の胸に生まれた決意は成長するに従って大きくなっていった。

幸い、樹は見た目に恵まれている。自分の顔立ちを活かす表情の作り方、似合う服装、そして体型や声音への気遣いを怠《おこた》らずにいると、高校生になる頃には女にも男友達にも不自由しなくなった。他人は樹の上っ面を見て、己の内面をときめかせる。見せるものをコントロールしさえすれば、人心は操れるのだ。人生の勝ち組になるためには、踏み台にできる人間が多ければ多いほど良い。けれど気を付けていないと、踏み台にしたはずの人間に足を掴まれて転ぶこともあるだろう。

だから、実験が必要だった。

男友達の心の操作方法は、早い段階で理解した。性的な繫がりが必要ないぶん、そちらは楽だった。問題は女だ。女は総じて勘が鋭く、恋愛中はいっそう研《と》ぎ澄《す》まされる。けれど人生を高めていくには女の踏み台が必要で、その踏み台に逆襲されないことは必須条件だ。

樹が菜々美を選んだのは、調べた限り菜々美がふつうだったからだ。両親が揃っている家庭で、友達もいる。おとなしく、性格は真面目。常識も良心も備えている。そういう人間を征服できたなら、それ以外の人間はもっとコントロールしやすくなる。

菜々美の恋人になり、女の子にとってもっとも悲惨な経験をさせ、それでもまだ樹を愛し続けるか。そして別れても、自分のせいにして身を引くか。

樹が菜々美で試していたのはそういうことだった。

「君のおかげで僕は人の心を操るのが上手くなった。それからは人生の階段を確実に上って行ったよ。自分のブランドを作るとき、お金を出してくれたのもそうやって捕まえた女だ」気が付くと樹は固く拳《こぶし》を握り締めていた。「……薄幸の青年を装って、趣味で絵を描いていた女に近づいた。女の夫は金持ちだった。僕は彼女を慕う無邪気な青年のふりをして、ブランド立ち上げの初期費用を全部出してもらって、そして……」

「わたしにしたのとおなじことをして、別れたの？」

「違う」

怒鳴るように言い返してしまった。

しまったと思い、菜々美の反応を待ったが、菜々美は黙ったままだった。

「君を男たちに襲わせたのは、そんなことをしても君が僕を愛し続けるか、見るためだけだ。パトロネスになってくれた女にそれは必要がなかった。なにより、夫がいる女にそこまですると後が怖い」

肩が震え、小刻みに声が漏れた。

「樹くん。なんで笑ってるの」

「ごめん。変な意味じゃない……ただ……いや……なんでもないよ」樹は目元を拭ったが、その仕草さえ菜々美には見えなかっただろう。笑いがおさまるのを待って、続けた。

「とにかく、その女性とも別れた。今は恋人はいない。君にしたことはこれがすべてだ」

口を閉じた。

風のざわめきがあたりを覆い、それが消えるまで菜々美は何も言わなかった。

「……話してくれてありがとう」

喉元からナイフが離れた。

安心しかけたのも束の間、菜々美が正面に回って膝をつく気配がした。漂う空気に寒い予感を覚える。

「待て。殺さないって言っただろ」

小さな音が聞こえた。ナイフを握り直した音だとわかり、樹は夢中で喚《わめ》いた。

「やめろ、菜々美さん。やめるんだ！」

「殺されたくないの？」

「当たり前だっ」

「じゃあ、何をしたらいいかわかるでしょう」

樹はすぐさまその場に上半身を倒した。後ろ手に縛られたままなのでひどい恰好だ。もし菜々美に見えていたら憐《あわ》れみを誘えたろうと思うと、この暗さが憎らしかった。

「すまない。本当に、僕はひどいことをした」

重い吐息が降ってきて、後頭部を殴られた。

樹は地面に額《ひたい》を打ち付けたが、すぐに髪を摑まれて顔を引き上げられる。

塗り潰された闇のなかにぼんやりと菜々美の顔が見えた。表情はわからない。

「どうしちゃったの。がっかりしたわ」

体ごと地面に倒れ込んだかと思うほど、どっしりと感情を込めた言い方だった。

「昔のあなただったら謝ったりしないで、わたしを愛の言葉でくるもうとしたでしょう？わたしの操り方を忘れちゃったの？　もういちどあなたのやさしい言葉が聞きたかった……愛の台詞をしゃぶりたかった。嘘でもいいからもういちど。どうせあなたはわたしに本心なんか明かさないんだから。なんでごめんなさいなのよ?」

「……僕はもう、八年前の僕じゃない……」

「そんなに生きていたいの? 人生が楽しいから?」

否定はできない。

慕ってくれるスタッフたち、若いデザイナーの未来を切り拓《ひら》く喜び。売り上げが伸びていく高揚感。確かに樹は人生を楽しんでいる。

答えるのを躊躇っていると、ふたたび喉元に冷たいものが触れた。こんどは峰ではない。刃が皮膚を噛み、血が流れたのを感じた。

「それだけじゃない!」夢中で叫んだ。「君に人殺しなんかさせたくないんだ! 僕が不幸にしてしまった君に殺人者の汚名を着て欲しくないんだよ。わかってく――」

圧倒的な力で頭を地面に叩きつけられ、樹の意識は弾けた。

*

目が覚めたとき、周囲のものの輪郭がぼんやりと見えた。大きな木の根っこ、地面に転がる石ころ……深く息を吸い込むと、朝の匂いがした。

しかしまだ周囲は薄暗い。太陽は昇り切っておらず、空の黒が藍色に変わってくる時間帯だった。

顔を撫でようとして、樹は自分がまだ両手を縛られていることを悟った。

「菜々美さん……？」

なんとか上半身を引き上げる。ふと頬に触れられ、肩を揺らして振り返った。

薄闇を透かして菜々美の姿が見えた。質素なコートを纏《まと》った菜々美は、樹の横の地面に膝を折って座っている。

かろうじて見える表情は落ち着いていた。樹から微妙に目を逸らしているのも、彼女の心が冷静さを取り戻したからであるような気がした。

「菜々美さん」覚醒した頭で、樹は自分が気絶してから経過した時間を計った。たぶん三、四時間ほど――それだけ長いあいだ何もしなかったのなら、菜々美は罪を犯す意志を失ってくれたのだろう。

良かった。

心の底からそう思った。

このまま穏便に終わってくれたらそれでいい。もちろん菜々美を告発したりはしない。

胸の奥に秘めている最後の秘密を告白しないで済むのだから。

「目が覚めてくれて良かった」

その声に、緩んでいた心が縮み上がった。

菜々美はどこを見ているのかわからない目で話し続ける。

「もう少しでまわりが明るくなっちゃう。散歩に来る人もいるかもしれない。そうなると、ちょっと面倒だったから」

菜々美の手にはまだナイフが握られている。

「それ……もういらないだろう。離しなさい」

「さっき、本気だったよね。本気でわたしに謝った。わたしを人殺しにしたくないっていうのも、嘘じゃなかった……でも」

まだ疑っている気配に樹は慌てた。

「嘘なもんか！　本当にそう思ってるんだ」

菜々美は無言のままナイフを見つめている。その横顔や、長い前髪に隠れた目元が、樹の不安を掻《か》き立てた。

「菜々美さん。僕は本当に、この八年で変わったんだ。君への謝罪もするつもりだ。なんでも言ってくれ」

「たとえばわたしが、公の場で過去を告白して謝ってくださいと言ったら、する？」

樹は言葉に詰まった。

自分たちを素晴らしい未来へ導いてくれると信じている若者たちの目や、樹のために働いてくれているスタッフたちの顔がよぎる。もし樹が菜々美の言う通りのことをすれば、彼らはどうなるか。

菜々美がそっとこちらを見た。

その目の光に胸を貫《つらぬ》かれた気がして、樹は奥歯を嚙み締めた。

「……もし、どうしてもと言うなら、そうしてもいい。でも告白するのは会社を解散してからにさせてくれ。今のままそんなことをすれば、何も知らない者にまで迷惑がかかる。それは避《さ》けたいんだ」

「樹くん」

「そのあとでなら、いくらでも謝る。疑うのなら……そうだ、君、スマートフォンを持ってるだろう。それで僕が喋ることを録音したらいい」

「本気なんだね。本当に謝るつもりなんだ」

「君を人殺しにしたくない。僕のせいで不幸にしてしまった君を、これ以上つらい立場に立たせたくないんだ」樹は言葉に熱を込めた。「今ほど君のことを真剣に思っているときはない。僕は君を操りたくないんだ。本気なんだ！　本当に――心の底から、君のことを思って話をしてる」

「わたしを思って……？」

「そうだ。謝りたいんだ。愛の言葉で誤魔化《ごまか》さないのは、今話してることが本当だからだよ。君を不幸にしたくない」

「それが、あなたの本音……？」

「愛せなくてごめん。でも、これは紛《まぎ》れもなく僕の本心だ」

ナイフを握った菜々美の手がゆっくりと下がるのを、樹は視界の隅に捉《とら》えた。

腹の底から、吐息が漏れる。

「ありがとう。わかってくれ……て……」

言いかけた樹の言葉が揺れて止まった。菜々美がナイフを握り直し、こちらを向いたからだ。その目は樹の喉のあたりを見据えている。

「菜々美さん？」

「こんなことになるなら八年前に殺しておけば良かった」

吐き捨てるような言い方だった。

「待て、どうして。君を人殺しになんかしたくないと言ったのは本当に――」

「だからよ！」怒鳴った菜々美の目には涙が浮かんでいた。「こんな樹くんならいらない。こんな樹くんなら愛さなかった。簡単に謝るあなたなんかただの顔がいいだけの男じゃないか。わたしが好きなのは、氷の王子様みたいな冷たいあなただったのに」

樹は菜々美の名前を呼びながら後ずさろうとした。しかし、腕が使えないせいで体のバランスが崩れ、尻もちをついてしまう。

菜々美は両手でしっかりとナイフを握り、振りかぶった。

「やめろ、人殺しなんてするな。そんなことしたら君の人生が」

「心配しないで。あなたを刺したら、わたしもすぐに後を追うから」

その一言が樹の心の最奥を破った。

泣き出したいような気持ちで叫ぶ。

「おれはもう樹じゃない！」

振り上げた菜々美の手が止まった。

だがそれは束《つか》の間《ま》のことで、怒りさえ浮かべて言い返す。

「……それが残念だと言ってるのよ」

「違う」

「何が」

「人が。……人が、違ってるんだ」

樹は菜々美を見上げた。込み上げてきたものが喉に詰まり、いったん息を吐かないと続けられなかった。

「おれは樹じゃない、元々の名前は佐藤伸一《さとうしんいち》。樹の体を奪って生き延びた男だ」

＊

菜々美は動きを止めた。

その隙に樹は、樹の肉体で生きている男は一気に喋った。

「本当のおれは五十過ぎのおじさんだよ。妻は年下の、かわいい女でね。わかるかい、樹が出世の道具に使った女だ」

言い切った樹の両目から涙が溢《あふ》れ出した。

脳に刻まれている樹自身の記憶よりも濃く、愛おしい、佐藤伸一だった頃の思い出。なかでももっとも大切な妻のことを、そんなふうに表現したくなかった。

しかし、話さなければならない。

理解しきれず戸惑っている菜々美に樹はまくしたてた。

「嘘じゃない。その証拠になるように、おれと親しい人間しか知らない事実を話す。あとでいくらでも確かめればいい。これを知っている古い知人と、樹が会ったことがあるかどうかも含めて……。いいかい、彼女の父親とおれが知り合いで、事業に失敗しかけていた彼に融資をする代わりに見合いをした。佐藤伸一だった頃のおれは、お世辞《せじ》にもいい男とは言えなかった。商売の才能はあったが、金目当てじゃない女が寄ってこないような……。そんなおれが、きれいで純真な妻に惹《ひ》かれた。彼女の父親を援助したのも、これを機会に彼女と見合いをするためだ。いまどきありえないくらいの政略結婚だったんだ」

菜々美がたじろぐように身を引いた。その無意識の反応に希望を見出《みいだ》して、樹となった男はさらに続けた。

「だけど、彼女のほうもおれを嫌っていたわけではなかったと思う……思いたい。ただ、恋に憧れてはいたんだろう。若くてきれいな男と出会い、そいつを助けるために援助を始めた。おれはそのことに気づいていたが、黙っていたんだ。やがて時がきて二人は別れたらしいが、問題はそのあと。おれの妻はずっとその青年を愛し続けていた。秘めた恋というやつだ。ロマンチックなところが彼女らしい。そしておれはというと、肝臓《かんぞう》に癌《がん》が見つかって死期が近づいていた。そんな頃、ある男に声をかけられたんだ」

「待って、待ってよ……何それ」

菜々美はナイフを握り直し、理解できない言葉をぶつける樹を刺そうとしたように見えた。

樹は舌を速めた。

「玉緒と名乗ったその男は、おれにこう言った。『他人の体を奪って生き延びたくはないか』」

菜々美は呆けたように頭《かぶり》を振った。

「信じられないだろうが本当なんだ。おれはその男の言葉に乗った。死にたくなかったからね。なにより、妻がこれからも想っていくであろう男の体を手に入れたかった。おれは玉緒の手を借りて、樹と魂を入れ替えたんだよ」

「入れ替えた」菜々美は瞬きを繰り返し、やがて思いついたように言った。「だったら、サトウっていう人が病気だったなら……その体に、樹くんが入ったなら……」

「病気の体に入った瀬名樹がおとなしくしているわけがない。君はそう言いたいんだろう?」

菜々美は頷かなかったが、樹は続けた。

「玉緒はその対策も教えてくれた。おれは動けるうちに瀬名樹に会いに行った。そしてうまく話をつけて二人きりになると、魂を入れ替える直前に、大量の睡眠薬を飲んでおいた。玉緒が言うには、死の時というのは絶対で、それまではどんなことをしようが死ねないそうだ。入れ替わっても、本物の瀬名樹は朦朧《もうろう》としたまま。たまに口をきいても、周囲にはただのうわ言にしか聞こえない。そして佐藤伸一は弱って死んでいった。妻に看取《みと》られながらね」

「そんな話――信じられるわけない……」

「そうだろう。今でもおれ自身だって、あれは全部夢だったんじゃないかと思う。でも本当だ。おれは今、瀬名樹としてここにいる」

「それで、そんなことして……」菜々美はあちこちに視線を彷徨《さまよ》わせた。ナイフを握る手が下がっているが、本人はそれに気づいてさえいない様子だ。「それで、奥さんと生きていくつもりなの？」

樹はゆっくりと瞬きをした。

「そんなことはしない。おれは死んだ。妻の人生を縛るつもりはない。それにこの男を、妻と添わせるつもりもない。樹は、おれがこの体を手に入れるまで、君が知っている樹のままだった。スタッフにもデザイナーの女の子にも手をつけている。それでいて相手は、樹のことを無条件で慕ってやまない。八年前の君のように。この男は恐ろしい男だ。人の心を操る術を心得ていて、しかもそれを楽しんでいる。君にしたことだって、ちっとも反省してやしない」

菜々美の目に打たれたような光が宿ったのを樹は見逃さなかった。

「おれの目を見てごらん。少しは明るくなったから、表情だって見えるだろう。おれがこの体を手に入れてから、まわりの人間に言われるようになった。『最近変わりましたね、昔よりも物腰がやわらかくて、やさしくなった』。これでも樹に見えるよう努力はしているんだ。それでも変化は隠せない。樹のふりを一切《いっさい》やめたおれの顔を見てごらん。八年間もあの男に縛られ続けた君になら、よくわかるはずだ」

怯えるようにあとずさった菜々美に、樹は膝をついてにじり寄った。

菜々美の、呆然としながらも樹の口から出る言葉を受け止めている様子が、薄暗がりのなかでも窺える。これならこちらの顔を観察するのに不自由はないはずだ。

樹の肉体を着ている佐藤伸一は、いったん目を瞑ると、かつての自分を思い起こしながら微笑んだ。妻に向けていたのとおなじ笑顔を作り、菜々美を見る。

菜々美の肩が揺れた。

「おれが誰か、わかりますか」

樹くん、と言いかけた菜々美の唇が止まる。

「そう、違う。この体は樹のものだが、中身は佐藤伸一。二か月前に死んだ男だ」

「樹……」

「違う、瀬名樹の魂はもういない。魂は肉体が死んだら消える。玉緒はそう言っていた」

かすかな音が聞こえた。

菜々美の顔から一瞬だけ視線を外して音がしたほうを見ると、ナイフが地面に落ちていた。

安堵し、だが警戒は解かずに菜々美に目を戻す。菜々美は空いた手で口元を押さえた。

「それでいいんです」言葉を打ち込むように言った。「君みたいな若くて純粋な子に、こんなふうに死んで欲しくない。生きて幸せになってください。君が憎んだ男はおれが殺した」

菜々美の両目から涙が溢れた。激しい混乱に打ちのめされているからか、子供のような表情になっている。

佐藤伸一は、瀬名樹の腕を動かし、傍らの木の幹に肩を寄せてなんとか立ち上がった。できればナイフを拾って手首の拘束を解きたいが、今の菜々美にはまだ刃物を取らせるのは危険かもしれない。

「菜々美さん」

静かに話しかけても、菜々美は泣き伏したままだった。

聞こえていることを祈りながら言った。

「おれはこの体を手に入れてから、ずっと悩んできた。若くて健康な体はとてもいいものだ。ましてこんなにハンサムならね。そのうえ、おれを慕ってくれる仲間に囲まれていて、樹に備わっている経営や人心掌握の才能も引き継いでいる。正直、毎日がとても楽しい。でもそんなふうに幸せを感じるうちに、罪悪感も芽生えてきた。妻に忘れられたくない一心で樹になったけど、おれは新しい人生を楽しみ始めている。それでいいんだろうか？　だけど今日、君に会ってようやく、ひとつの結論にたどり着いた気がする」

顔を覆っていた手を剝《は》がして、菜々美はこちらを見た。

濡《ぬ》れた目に浮かんでいる表情までは読み取れない。

だが、黙るわけにはいかなかった。

「……もしおれがこの体を乗っ取らなかったら、君は今夜樹と心中していたんだろう？　だったらおれは、この体を手に入れて良かったと心の底から思う」

「――良かった……？」

「これで正解だった。君を救えたんだから。だから君は、これからは自分の幸せだけを考えて生きなさい。罪の記憶は、おれがすべて引き受ける。できれば……いや、強くお願いする。瀬名樹のことは忘れてください」

束の間、菜々美は無表情になった。

それからしっかりと頷き、ぎこちなく微笑んだ。

「……本当、なんですね」

今は佐藤伸一のものになった心臓に暖かい感情が広がった。

「本当だ。じゃあ、腕も解放してくれるかな。正直、もう痺《しび》れていて痛いんだ」

そう言いながらも注意深く菜々美の表情を見守った。

菜々美の微笑に少しでも影が落ちたら飛び退いて逃げようと思っていたが、彼女の顔は憑《つ》き物が落ちたようで、だが同時に、寂しそうでもあった。

その表情のままナイフを拾う。

背中を向けたものの、首は曲げて菜々美の動きを警戒した。

「さっきの話だけどね。君に償《つぐな》いをしたいのは本当なんだ。何かして欲しいことがあれば言ってほしい。今仕事は何をしているの。もし仕事に不満があるなら、うちに来るのは……それは嫌か。でもどこか紹介してあげることはできるよ」

「ありがたい申し出ですけど、それは必要ないです」菜々美の口調にはかすかな苛立《いらだ》ちが滲《にじ》んでいた。

それはそうかもしれない。中身が違うとわかったからといって、社会的にはまだ樹は生きている。その樹の手を借りるのは、確かに躊躇《ためら》われるだろう。

「すまない」

「サトウさんが謝ることじゃないです」

手首に菜々美の手が触れた。冷たい手で、思わず縮み上がってしまう。

菜々美は指先でしっかりとビニール紐を捕え、そこにナイフをあてがおうとした。

だが、まだ細かいものが見えるほどの明るさはないせいか、慎重に手探りしている。

「ゆっくりやっていいよ」

そうは言ったが、少し不安になってきた。

そろそろ夜明けなら、『流星』の本店三階で眠りこけていたスタッフたちも目を覚ます頃合いだろう。あるいはすでに樹の行方を心配した誰かが探し始めているかもしれない。

菜々美はまだビニール紐の具合を確かめている。

少しくらい手が切れてもかまわない。そう言いかけたとき、ふと物音が聞こえた。

急いで前を見た。

ちょうど正面が東の方角であるらしく、ぼんやりと空が明るくなってきている。曙《あけぼの》の光に形を見せ始めた木々や歩道、そのなかをこちらに向かって歩いて来る人影が見えた。

隠れよう、と言いかけた。

しかしその口は、まっすぐ歩いて来る人物の手元を見た拍子に凍り付いた。

四角い旅行鞄《トランク》。シルエットだけでも時代を感じさせるその形が、強烈な記憶を引き起こした。

「どうして、あの人が……」

呟いたとき、手首を繋いでいた力が消えた。

しかし身動きをする余裕はなかった。驚きと、そしてある種の感動に包まれて近づいて来る玉緒を見る。

お互いの姿が確認できる距離まで近づくと、玉緒は足を止めた。

「玉緒さん――」

「なあ？　おれが言った通りだったろう」

意味がわからなくて眉を寄せたが、背後の菜々美ははっきりと答えた。

「ええそうね。でも、確かめられて良かった」

その刹那、樹の首元に小さな痛みが奔《はし》った。

棘が刺さったような痛みだった。

瀬名樹の両手はすべらかに動いて、呆けた顔をしている女の体を突き飛ばした。女は目を見開いたまま うしろに倒れる。唇の隙間から突き出した舌先で、黒い棘が塵《ちり》となって消えた。その後頭部が迫る地面には、太い木の根が張り出していた。

朝焼けの下、小気味よい音がいちどだけ響く。

女は悲鳴ひとつ漏らさないまま地面に転がり、それきり動かなくなった。

玉緒は首を振った。

「呆気ないねえ」

「仕方がないでしょう」

瀬名樹の静かな声が、菜々美の口調を包んでいる。聞いていた玉緒はそれを似合いの組み合わせだと感じた。

「わたしが死ぬのは太陽が昇る頃だと、あなた言ったじゃないですか。確かに当たったたわけだ」

玉緒を振り向いた樹は手庇《てびさし》をした。玉緒の肩越しに、昇る朝日を見たのだろう。眩しそうなその表情は、少年のように透き通っている。

「おれが言うのもなんだが、いい男だね。その体は」

「そうでしょう。でも見た目だけじゃない」しなやかな指をこめかみにあてがい、そっと微笑んだ。「すごいな。これが樹くんの世界……樹くんはこんなふうに他人を見ていたんだ」

噛み締めるように目を閉じ、しばらくそうしてから倒れている女を振り向いた。

「これがさっきまでの自分だったなんて、ちょっと信じられない。こんな顔してたんだね。なんか、自分で見ていた顔と違う感じがする」

「体を移し替えたやつはなぜか大抵そう言うんだ」

「へえ？　みんな、本当の自分自身からは目を逸らしているのかもしれないね」

樹の体を手に入れた菜々美は、さっきまで自分だった遺体から目を背け、玉緒に微笑んでみせた。

だがすぐに、突然の頭痛に苛《さいな》まれたように顔を顰《しか》めた。

「これって……」

「ああ、佐藤伸一の記憶が、樹の記憶と一緒に流れ込んできたんだな。気持ちが悪いだろうが、すぐに佐藤伸一の記憶は消える」

「そう、なの」

「そうさ。樹の脳に刻まれている記憶は樹のぶんだけだ。佐藤伸一が樹になるまえの記憶は、少しすれば消去される」

「そうなんだ。でもなんか、これ……すごく、変な感じ」

「仕方ない。肉体の交換なんてことやったんだから、ちょっとは我慢しろ」

樹は笑い、痛みを散らすように頭を振った。

「とにかく、ありがとう。死体のそばにいてもいいことなんてないから、もう行く。樹くんのスタッフさんたちが探しているかもしれないし」

「できればあんたが救急車を呼んでくれると助かるんだけどな」玉緒は木の根元に転がっている女の死体を指した。「昔の女と口論になって、つい突きとばした、とか」

「冗談じゃないよ。樹くんの経歴に傷はつけたくない。いずれ警察がわたしのところに来たとしても、うまく立ち回れると思うよ。この体と、テクニックがあればね」

自分の胸と頭を指さす樹に、玉緒は頭を振った。

「好きにしろ。ただし、おれのことは言うなよ」

「それはもちろん。じゃあね、玉緒さん。あなたに会えて本当に良かった。あなたがわたしにとって、ずっと天使でいてくれることを願うよ」

「その願いが叶うように祈っておこう」

踵《きびす》を返した樹を見送って、玉緒も立ち去ろうとした。しかしすぐに立ち止まり、樹を呼び止めた。

「何？」振り返った樹の表情にはもう、佐藤伸一の面影はなかった。

「訊いておきたくて。その男はあんたにひどいことをしたんだろう？　それなのに、あんたはまだその男が好きで、だから体が欲しかったのか？」

「だいぶ違う」

　玉緒は眉を寄せた。

　樹はとびきり明るい笑顔を浮かべた。

「樹くんにひどいことをされたとき、わたしも学んだの。この世界には食われるものと食うものしかいない。やさしさとか純粋とか、一途《いちず》な愛――八年前のわたしが生きていく上でいちばん大事にしなきゃいけないと思い込んでいたものは、ただの餌でしかなかった。人生を切り拓いていける人たちのための糧《かて》。わたしは食われる側の人間でしかない。どんなに頑張っても、幸せにはなれない。そう思って諦めて生きてきたけど、玉緒さんから話を聞いたときに思ったの。樹くんの体を手に入れれば、わたしも食う側の人間になれるんじゃないか……って」

　玉緒は噴き出した。

「あんた狂ってるよ」

「あたりまえじゃない。狂うくらいじゃないと、勝ち続けるなんてできないよ」

「そうか」

「うん」

「そういうことなら、達者で狂え」

樹は明るく笑い、今度こそ立ち去って行った。

見えなくなっていく青年のうしろ姿を眺めながら、玉緒は苦笑を浮かべていた。

樹が最後に見せた笑顔。

あれは佐藤伸一が入っていた頃の樹には、そしておそらく本当の瀬名樹も持っていなかった、とても魅惑的な笑顔だと思った。

女の遺体を一瞥し、佐藤伸一だった男の魂が蒸発したことを確認する。

公園を離れ、元町方向に歩いていく。外国人墓地の前の花壇に腰を下ろした頃には、日はすっかり昇り切っていた。

旅行鞄を足元に置き、手帳と万年筆を取り出した。

平成三十年（西暦二〇一八年）三月二日

「…………」

日付を書き入れたところで、玉緒は手を止めた。

腕を組み、考え込む。

さて――。

今回のような場合、どうまとめたらいいんだ？

散りぎわ

——願わくは　花のもとにて　春死なむ

（西行《さいぎよう》法師）

桜吹雪の下を走り抜けようとしていた亜実《あみ》を、低い声が呼び止めた。

「なあ、あんた」

立ち止まったのは驚いたからではない。

舞い散る花びらの隙間《すきま》に見えた旅行鞄《トランク》に、心が引き寄せられたからだった。

声の主を見る。

川沿いのサイクリングロードの柵《さく》に、見たことがない男が寄りかかっていた。豊かな髪のあちこちに花びらがついているから、長い時間ここにいたのかもしれない。歳《とし》は三十歳くらいに見えたが、亜実にはまだ大人の男の年齢は当てられない。

「何ですか？」

警戒を声に込めて尋《たず》ねた。

男は薄く笑い、亜実の全身に素早く視線を走らせた。十六年も生きていれば、男のこのテの眼差《まなざ》しには慣《な》れてくる。慣れたところで平気になるわけではないが。

「あんた、羨《うらや》ましいと思ってる人はいないか？」

「……は？」

ひっくり返った声を出してしまった。

男は柵から背中を離した。亜実は身構えたが、どうやら旅行鞄を持ち替えただけだ。素敵な旅行鞄だった。古い映画に出てくるような形で、ずいぶん年季が入っている。ごく自然に目を引かれた亜実は、旅行鞄の持ち手を摑《つか》んだ男の左手の爪《つめ》が、一枚だけ黒いことに気づいた。

「たとえば誰かと魂《たましい》を入れ替えることができるとして」男が続けたので、亜実は顔を上げた。「体を交換したい者はいるか？　誰でもいい。金持ちの子供にでもなれるし、こっそり片思いをしている男の恋人の体だって奪える。人生をやりなおしたいなら、もっと幼い子供にも……だがまあ、脳の容量があまりに違う相手はおすすめできないな」

数秒、亜実は無表情になってしまった。

「なに、言ってんの……おじさん」

「おじさんか」男は目を眇《すが》めた。「今の時代の基準はわからんな。これでも見た目は若いつもりなんだが」それから、口角の片側だけを吊り上げて続けた。「おれはタマオ。魂と肉体をつなぐ、あの玉緒だよ」

亜実は顔を背け、立ち去ろうとした。

「そのまま死んでもいいのか」

さすがに足が止まる。

振り返ると、男はさっきの場所に立ったままこちらを眺《なが》めていた。

「その若さで死にたくないだろう。おれなら助けてやれるぜ。詳しい話を聞きたくないか?」

こんどこそ走り出した亜実の背中に、男の声が追い縋《すが》った。

「おれは毎日、ここに来る。話を聞きたくなったら、待ってるぞ」

亜実は思わず奥歯を噛《か》み締《し》めた。

サイクリングロードを左に曲がれば、そこに亜実が暮らしているマンションがある。毎日あそこにいる? もちろん冗談だろうが、変質者には何を言われても恐ろしい。

溜息をつきながら部屋に飛び込み、自室で制服を着換え始めたところで、スマートフォンが鳴った。

着信を確かめると、父の陽介《ようすけ》である。

急いで通話ボタンを押した。

「亜実。まだ来れないか？」

陽介の声は張り詰めて、だいぶ疲れている。

無理もない。陽介は駅前のレストランでシェフ兼店長をしている。朝から働きづめで、そのうえこれから出かけなければならないのだ。

そんな陽介に不機嫌な声を聞かせるのは忍びなく、亜実はできるだけ声を落ち着けてから答えた。

「ごめん、今帰ってきたところ。すぐに行くね」

「わかった。待ってる」

電話を切った亜実は大急ぎで用意しておいた服に着がえた。

海老茶色《えびちゃ》のスカートと白いブラウス。地味な鞄《かばん》。

趣味ではない恰好《かっこう》だが仕方がない。陽介からは、きっちりした服装でと言われている。

通学用の革靴《かわぐつ》を履《は》いて外に出た。マンションを出るとき、さっきの男が見張っていないか確認したところ、それらしい姿は見つからなかった。サイクリングロードを抜けた方が駅には近道になるのだが仕方ない。その代わり走りづめで、陽介が待っているレストランまでたどりついた。

レストランの脇の駐車場に停《と》まっている見慣れた車に飛び乗る。陽介はすでに運転席にいた。

「ごめん、待たせた」

シートベルトを締めたが、陽介はいっこうに車を発進させない。

不思議に思って隣を見ると、陽介は自分の薄くなった髪を撫《な》でた。

「ああ……」

髪が乱れているという意味かと、亜実は急いで自分の長い髪を撫でた。走ったせいで髪が絡まり合い、指を通そうとしてもうまくいかない。

一所懸命にほぐしていると、陽介が咳払《せきばら》いをした。

「伯母《おば》さんは身なりにうるさい人だから、気をつけたほうがいい」遠慮がちな、ひそめた声だ。「このあいだも、おまえの髪が重すぎると文句を言われたくらいだ」

「ごめん」

「おまえが謝ることじゃないよ」

亜実はほつれた髪と格闘しながら浅く頷《うなず》いた。

陽介はさらに何かを言おうとしたのかもしれない。沈黙が落ちたが、結局何も言わないまま車を出した。

なんとか髪を整《ととの》えた亜実は、そっと陽介の横顔を窺《うかが》った。

陽介は四十六歳になる。しかし、たいていの人は陽介の年齢を実際より多く見積もる。髪は薄いし肥《ふと》り気味だし、なにより目元には深い皺《しわ》が刻《きざ》まれているからだ。しかもその皺は、亜実の母親、つまり陽介の妻が二人のもとを去ってから日に日に深くなっていった。陽介は亜実の前では何も言わないが、家族が欠けた寂《さび》しさは確実に陽介の心を削《けず》り取っているのだ。

そのうえに、あの伯母との再会である。

疲れないほうがどうかしていると思うのだ。

「伯母さんさ、……何か言ってる?」

慎重に尋ねてみた。

陽介はこちらを一瞥《いちべつ》したが、何も答えない。

「あのこと——進展はあったのかな。伯母さん、決めたのかな」

浅い溜息《ためいき》が返って来た。

「何も言ってこないよ」

亜実は短く「そっか」とだけ返した。

それきり黙ったが、お互いに考えていることはわかっている。

伯母は遺言書を書くだろうか。

財産の受取人に、陽介か——亜実を指名するだろうか。

陽介の姉、都美子《とみこ》は奔放《ほんぽう》な女だったらしい。

らしい、というのは、亜実は先月まで伯母の存在を知らなかったからだ。

なんでも都美子は大学生だった二十歳のとき、父親ほども歳の離れた既婚者と恋に落ち、揉《も》めに揉めたのちに結婚したという。だがそのときに陽介の両親は都美子を勘当し、都美子のほうも駆け落ち同然に家を出て行ったので、実に三十五年ものあいだ音信不通だったのだ。

都美子と別れたとき、陽介はまだ小学生。歳の離れた姉が突然いなくなった事実は、陽介の心に深い傷を残しただろう。しかし成長するにつれて事情を理解し、姉の消息はほとんどわからず、もう二度と会うことはないと思っていたそうだ。陽介の両親、つまり亜実の祖父母が亡くなったときは、どこから聞きつけたのか花と香典が送られてきた。亜実はそのとき親戚たちが香典の金額について色めき立っていたのを見ていたが、まさか送り主にそういう仔細《しさい》があったとは思わなかった。けれど本人は姿を見せず、陽介はそれこそもうこれで都美子との縁は切れたと思ったらしい。

そんな都美子が突然、電話を寄越《よこ》したとき、応対したのは亜実だった。

「あなた誰?」

遠慮のない、ひどく不躾《ぶしつけ》な女の声が聞こえた。

「……そちらこそ、どなたですか」

丁寧《ていねい》な言葉に毒を含ませて尋ねると、相手はいきなり歓声を上げた。

「あなたもしかして陽介の子供? 子供がいるのは聞いてんのよ。女の子だったのね、名前は? あたしはトミコ」

亜実が混乱していると、ちょうど帰宅した陽介がリビングにやってきた。

亜実の顔を見て「誰からだ?」と訊《き》いたので、トミコという人だと答える。陽介は数秒間首を傾《かし》げていたが、やがてはっと息を呑《の》むと受話器をひったくった。

それから十数分ほど、亜実にはわからない言葉を重ね、ようやく電話を切ったときには、陽介の顔はすっかり青ざめていた。

そして初めて亜実は、自分に伯母がいることを知った。

なんでも都美子は略奪婚をした相手とは十年前に死に別れ、子供はおらず、今は悠々自適《ゆうゆうじてき》の暮らしをしているらしい。だが心臓を患い唯一《ゆいいつ》の身内である陽介と連絡を取ることを決めたらしい。

ずいぶんと勝手だ。

亜実は呆れたが、陽介は撥《は》ねつけたりせず、近々伯母の家に亜実を連れて遊びに行くと答えたという。亜実は一瞬反発しかけたが、すぐにその理由を悟り、口を噤《つぐ》んだ。

伯母は金に困っていない。

そして陽介のレストランは、ここ一年ほどずっと赤字なのだ。

＊

都美子の自宅は、新宿から京王線《けいおうせん》で二十分ほどの仙川《せんがわ》駅にほど近い住宅街にある。

小箱のような戸建て住宅が並ぶ一角に建つ、ひときわ目立つ邸宅。ブロック塀《べい》に囲まれた広い庭の中央に、二階建ての洋風建築が聳《そび》えている。大正《たいしょう》時代の華族の屋敷かと思うような外観だが、それほど古くはない。亜実は詳しく聞いていないが、亡くなった都美子の夫の趣味なのだろう。

近くのパーキングに車を停める。十五台ぶんのスペースがあるここも都美子の持ち物で、都美子は亜実たちのためにわざわざひとスペースぶんを空《あ》けてくれた。そんなことをしてくれるから、ここに車を停めるたびに都美子に恩義を感じなければならないような、いやらしい気分になる。

それは陽介もおなじであるらしく、車を降りたあたりから不機嫌な顔になった。

「お父さん」

黒い門柱の呼び鈴《りん》を鳴らそうとした陽介に、声で注意をした。

陽介が以前、仏頂面《ぶっちょうづら》のまま都美子と顔を合わせたとき、都美子は「なんて顔してるの」と言いながら陽介の頰《ほほ》を引っ張ったのだ。あんな屈辱《くつじょく》はもう嫌《いや》だろう。

陽介は咳ばらいをし、肩を上下させた。穏《おだ》やかな笑顔とはいかないが、それでも少しはマシな表情になった。

呼び鈴を押す。

すぐに返事が返ってきた。

「待ってたわよ。入って」

亜実の背中のあたりが強張《こわば》った。

都美子の声は、機械越しに聞いても独特の強さがある。大きな猛禽《もうきん》が地上めがけて滑空《かっくう》してくる様が目に浮かぶような、畏怖《いふ》に近い感覚を覚えさせる声だ。目は心の窓などと言うが、都美子の声を聞くにつけ、声は魂の質を表しているのかもしれないと思う。

陽介と共に溜息をこぼして、亜実はロックが解除された門を開けた。

門の内側には日本庭園が広がっている。鯉《こい》が泳ぐ池まで設《しつら》えてあり、樹木はきれいに形を整えられていた。ここを維持するのにかかるお金を陽介のレストランに投資してくれたら——そんな考えを噛み殺したとき、庭の端に植えられている桜の木が目に留まった。

大木というほどではないが、立派な木だ。花は今が盛りで、ピンク色の炎のように見える。さきほどの旅行鞄を提げた変質者を思い出してしまい、亜実は急いで目を背けた。

「いらっしゃい」

玄関のチャイムを鳴らすと、いきおいよくドアが開き、真っ赤な口紅を引いた都美子が出迎えてくれた。陽介より九歳も上のはずだが、同い年か、下手《へた》をすれば陽介のほうが老けているかもしれない。彫りの深い顔立ちは、今でも充分華やかだが、若い頃は誰もが振り向かずにおれなかったろう。

身に着けているのは、濃い緑色のセーターとプリーツスカート、飴《あめ》色の巨大な石がついたネックレス。指にももちろん指輪が輝いている。全身に富を纏《まと》った伯母は、陽介には一瞥もせずに亜実を抱き締めた。

「よく来てくれたわね」

鼻を突く香水の匂いに顔を顰《しか》めつつ、亜実は愛想を保つ努力をした。

「……こんにちは、伯母さん」

都美子は最後に腕に力を込めると、あっさりと離れた。

「じゃ、陽介。こっちの部屋からテーブルと椅子《いす》を運んでちょうだい。今日は桜の下でお茶にしましょう」

内心呻《うめ》き声をあげた陽介だろうが、もちろん逆らいはしない。一人で重いテーブルを運ばされる陽介を手伝おうとした亜実だったが、都美子は亜実を家の奥のダイニングルームへ引っ張って行った。

白い日差しがふんだんに入るダイニングルームだ。仕切りの向こうには広々としたキッチンが続いている。週五日、通いの家政婦さんが来てくれるというだけあって、キッチンはどこもぴかぴかだ。

「はい、これ持って」

渡されたのは両手に収まる紙の箱だった。どう考えても中身はケーキだろう。落としたらどうなるか考えてしまった亜実は緊張した。

都美子自身は茶器を置いたトレーを持ち、庭に向かった。桜の木の下では、陽介がすでにテーブルとイスを並べ終えている。テーブルの上にケーキの箱を置いた亜実は、安堵のあまり深々と息を吐いた。

「せっかく花が盛りだから、外でお茶にしようと思ったの」

「……いいですね」

欠片《かけら》もそう思ってはいなかったが、亜実はにっこりと笑ってそう言っておいた。

恵まれた者の常というべきか、都美子は自分への賞賛を疑わずに受け止める。機嫌がよくなった都美子にショートケーキを分けてもらいながら、亜実はティーカップに紅茶を注ぐ役割を買って出た。

桜の花びらが時折、落ちてくるので、液面に入らないか気がかりだ。なんとなく都美子は、自分で花見のお茶会を開いておきながら、花びらが飲み物に触れるのを嫌がりそうな気がする。

「学校はどう?」

「友達とはどんな遊びをするの?」

「彼氏はいるの?」

矢継《やつ》ぎ早《ばや》に繰り出される質問は亜実に向けたものばかりだ。

亜実はケーキを味わう暇《ひま》もなく、それらの質問に丁寧な答えを返した。

そうしながら陽介と目配せをする。陽介のほうはゆっくりとケーキを頬張《ほおば》っているが、ほとんど口をきかないので食べ終えてしまいそうだ。

陽介の目が複雑な感情を宿して亜実を見ている。都美子との交流が再開したとき、都美子は自分の病状を打ちあけ、動けるうちに財産の管理を誰かに任《まか》せてしまいたいとほのめかした。かつての夫の死後、あちらの離婚した妻と子供にはきちんと財産分与をしたらしいが、それでも都美子に何かあったらまたこじれないとも限らない。その話を聞いた陽介は内心、運が降ってきたと思ったろう。それからは頻繁《ひんぱん》に都美子と会うようになった。

その際に亜実を伴《ともな》うのにも理由がある。都美子は最初から亜実を異様なほど可愛《かわい》がった。電話のあと、亜実は陽介と共に挨拶のためにこの家を訪れたが、そのとき都美子は亜実にと言ってダイヤモンドのピアスをくれた。亜実はピアス穴をあけていないし、なによりニカラットもあるダイヤモンドを身に着ける機会など高校生にはない。

しかも都美子はそのピアスを「急いで買ったからあんまりいいものじゃないけど、お近づきの印」と言ってのけたのだ。

そのときの陽介の顔を、亜実は今もよく覚えている。

大きな魚を釣り上げるための餌《えさ》を見つけた。そういう目つきだった。

以来、陽介は都美子の家を訪問するとき、必ず亜実を伴っている。

「ねえ、こんどの日曜日、ひま?」

特にこちらを見ていたわけではないが、亜実はその問いかけが自分に向けられたものだと判断した。日曜日といえば、陽介のレストランの書き入れ時だからだ。

「……予定はないですけど」

「そう。じゃ、亜実ちゃん一人で遊びに来なさいよ」

「え」さすがに声が詰まった。日曜日の予定を訊かれたあたりから予感はしていたが、ずばりと言われるとさすがに驚く。

都美子は頬杖《ほおづえ》をついてこちらを見た。

「たまにはいいじゃない。女同士でおしゃべりしましょうよ」

思わず陽介を見た。

陽介は、複雑な感情が入り混じった目でこちらを見つめている。言う通りにしてくれという懇願《こんがん》、娘である亜実を金集めの餌にしていることへの謝罪、そしてその奥に瞬《また》いている黒い感情。

陽介はすぐに目を伏せたが、亜実はそれらを一瞬で読み取ってしまった。

「わかりました。何時ごろ来ましょうか？」

愛想よく返事をすると、都美子の顔がぱっと明るくなった。断られることを想定していない笑顔だ。

「お昼頃来て。一緒にごはんを食べましょう」

ひどく疲れるお茶会が終わり、夕暮れ時になってやっと亜実たち親子は解放された。

車に戻った陽介はしばらくエンジンをかけなかった。亜実も黙っていた。

「……ごめんな」

だいぶ経《た》ってから、陽介は呟《つぶや》くようにこぼした。

助手席に座っている亜実のほうを見ようともしないまま、続ける。

「あの人は、世の中はなんでも自分が思う通りになると考えてる。子供の頃から甘やかされて育ったから。他人は一人残らず自分のことを好いているし、自分が楽しいことは他人も楽しいと思う……そんな人なんだよ」

亜実は静かに息を吸い込み、言った。

「でもお父さんは都美子さんのそういうところが大好きだった。そうでしょう?」

陽介は黙り込んだ。

亜実がそんなふうに言ったのにはわけがある。

気が強くて、思ったことをなんでも口にする——それは亜実の母親の性格でもあったからだ。

陽介はどちらかというと争いを好まない性格で、レストランの従業員にもやさしい。覚えている限り亜実は両親がケンカをしているところをいちども見たことがない。母が何を言っても陽介は黙って頷いていた。子供心にどうしてこんなに性格の違う二人が結婚したのだろうと思っていたけれど、その謎は都美子の登場で解けた気がする。

「誰でも姉さんを好きになる。特別なひとなんだよ」

独り言のように言って陽介は車を発進させた。

亜実は窓の外を見た。

都美子は特別。確かにそうだ。正直に打ち明けるなら……亜実もまた、都美子に惹《ひ》かれている。あのまっすぐな自由さに。

桜の下で出会った旅行鞄の変質者の言葉を思い出した。

――もうすぐ死ぬ。

信じるわけではないが、なんだか受け入れてしまいそうな気分だ。

＊

日曜日、亜実は約束通り一人で伯母の家へ向かった。

都美子には、あとでお金を払うから駅前からタクシーを使っていいと言われていたが、歩いて十分もかからない距離をタクシーに乗るのも馬鹿馬鹿《ばか》しくて歩くことにした。

「あらまあ、若いわね」

徒歩で来た亜実に顔を顰《しか》めることなく、都美子はあっけらかんと笑ってくれた。

今日の都美子はいつもよりも上機嫌であるように見えてほっとし、亜実はいくらか肩の力を抜くことができた。

ダイニングルームに通されると、すでに昼食の準備が整っていた。ポトフと焼き立てのパン、デザートのゼリー。すべて都美子の手作りだという。

恐縮しつつ口に入れると、少し味が薄かった。

「こんなふうに呼び出すのは迷惑?」

デザートのゼリーを食べ始めたところでいきなりそう言われ、亜実の肩が弾《はず》んだ。

「え。いいえ」

「嘘《うそ》は言わなくていいのよ。だってあなた、緊張してるじゃない」

思わず黙ると、都美子は微笑《ほほえ》みながら続けた。

「緊張してるのを隠せてなかった、なんて落ち込まないでね。その歳でそこまで演技力が高かったら女優さんになれるわよ」

そう言うなり、亜実の鼻を指でつつく。

亜実は胸に春の風が吹いたような、一瞬の強い感情にとらわれた。

「でもね、あたしはあなたに会いたい。あたしは子供がいないし、実を言うと欲しいと思ったこともないの。特に女の子はね」

「……なぜですか」

「あなたって十六歳のわりに大人びた話し方するのね」いきなり口調が変わったので、亜実は都美子の心をなだめるために謝ろうとした。しかし都美子は、ふっと笑うと先を続けた。「もし女の子が生まれたら、あのひとは可愛がったと思うのよ。子供が好きだったわけじゃないけど、あっちの子供は二人とも男で、男の子は味気ないと愚痴《ぐち》を漏《も》らしていたから」

言葉を挟《はさ》まないようにしながら、亜実は都美子が言っている人物を考察した。おそらく『あのひと』とは夫のことで、『あっちの子供』は別れた妻とのあいだの子供だろう。

「あのひとは、女の子は将来結婚すればいいから適当に遊ばせておけると思ってたんでしょうね。そういう考えがいいとは思わない。でも、可愛がったことは確かだと思うの。それこそいっぱいおしゃれをさせて、欲しいものはなんでも買ってあげて。あのひともあたしも美人だから、きっと娘もきれいな子だったと思うの」

だんだんと、都美子の話の筋が見えてきた。

亜実は不思議な納得を抱きながら、ゼリーを掬《すく》って口に入れた。洋ナシのゼリーだが、なぜか苦く感じる。

「娘が年頃になるにつれて、あたしは老いていく。その娘を可愛がるあのひとの姿を見ているなんて嫌だった。だからあのひとが、将来の相続のときに禍根《かこん》を残さないために、できれば子供は作りたくないと言ったときはほっとしたものよ。だから子供がいないことに未練はない。でもね」

そう言うと、都美子は亜実のほうに手を伸ばしてきた。

また鼻をつつかれるのだろうと構えた亜実だったが、都美子の手は鼻ではなく頰を撫《な》でた。指を折り曲げ、爪のあたりを押し付けるようにして輪郭をたどられる。震えるような感覚に、口の中のゼリーを呑み込むのを忘れた。

「姪《めい》っ子がいたのは嬉《うれ》しい。あたしを脅《おびや》かさないし、あたしとは似《に》てないもの」

亜実はようやくゼリーを飲み下した。

「……わたしじゃ、伯母さんの敵にはなれませんよ」

都美子は破裂するように笑った。

「あらまあ、じゃあ敵に仕立ててあげるわよ。ちょっと来て」

腕を摑んで立たされる。まだ半分しか食べてないゼリーの皿が音を立てた。

「え。何ですか、敵って？」

「いいからいいから。どっちみち、こうするつもりだったんだから」

そのままぐいぐいと引っ張って行かれる。ついていくしかない亜実だったが、伯母が廊下の奥へ進み始めたあたりで不安になった。この先はまだ足を踏み入れたことがない。

「ここよ」

都美子は廊下の突き当たりの部屋を開けた。

明るい、少し変わった部屋だった。

壁が六角形になっていて、そのすべての面に窓が嵌《はま》っている。床には絨毯《じゅうたん》が敷《し》かれており、窓枠の下には背の低い棚が並び、部屋の中央には円い小さなテーブルと、それを挟んで向かい合うソファがふたつ。

何に使うのかわからない。

けれど、落ち着いた雰囲気が好きだと感じた。

「入って。ほらほら」

都美子のはしゃぎように得体の知れないものを感じて、亜実は思わず足を踏ん張った。

すると都美子は亜実の肩をしっかりと摑み、

「言うことをきいてくれたら、陽介とあなたが欲しいものを書いてあげるわよ」

とわざとらしく唱えた。

「……欲しいものだなんて」

「遺言書でしょ」

喉が勝手に音を立てた。

都美子はからからと笑った。

「気づいていないわけないでしょう。陽介のもの欲しそうな目ったらないし、あなたがこんなおばさんのところに来てくれるのも、お父さんを助けたい一心なんじゃないの」

「あの……」

「言い訳はなし」肩に置いた手をリズミカルに上下させる。「それでいいのよ。まだわからない？　あたしは自分のやりたいことができればそれでいい。どっちみち、遺言書は書くつもりだった。だから、ほら。さっさと入って」

強張る足で室内に踏み込むと、都美子はソファに亜実を座らせた。

ステップを踏むような動きで部屋を移動し、ドアの横の棚から四角い箱を取って戻って来る。それをテーブルに置くと、こんどは窓の下の棚から折り畳《おたた》み式の大きな鏡を持ち出し、箱の横に立てた。

「あの……？」

「まだよ」

都美子はまたドア横の棚に向かうと、折り畳んで置かれていた新聞紙を取って来た。それを亜実が腰かけているソファの周囲に敷く。――少し伯母の息が荒い気がした。

亜実はすぐに腰を浮かし、手伝った。

「あなたっていい子ね」

呆れているような声だったが、亜実はあいまいに笑った。

ふたたびソファに腰かけた亜実の首に、美容院で掛けられるようなケープが巻かれる。

「何するんですか？」

ここまでくるとさすがに想像がついたが、それでも訊いた。

「これよ」

都美子はとっておきのおもちゃを自慢する少女のようにテーブルのうえの箱を開けた。中にはさまざまな化粧品が詰まっている。緩《ゆる》く笑った亜実の前髪をヘアバンドで留め、都美子は口調を弾ませた。

「じゃあまずは下地からね」

ここまできたら反抗する気分にはならない。

やりたいようにやらせていると、みるみるうちに亜実の顔には色がつけられていった。都美子のような派手な化粧をされたらどうしようと心配になり、何度か鏡を盗み見た。しかし瞼《まぶた》にのせられたのは目立たないブラウンで、チークも薄い。最後に都美子が選んだ口紅が透けるようなピンクだったことにも安堵した。

「はい、お化粧は完了。どう?」

鏡を両手で持って覗き込む。

思ったほどの大きな変化はなかった。だがあきらかに、顔が明るくなっている。はっきり見えるようになったという感じだ。

「若いから、このくらいでいいと思うの」

「ありがとうござい――」

「まだよ」

ヘアバンドをいきおいよく外され、顔に被さった髪で前が見えなくなった。後ろ髪を鷲《わし》摑《づか》みにされる感覚がする。

え? と声を出すより先に、鋭いハサミの音が聞こえた。

その日の夜、帰宅した陽介はリビングで待っていた亜実の姿を見て悲鳴を上げた。

「なんだそれ……」

そう言ったきり立ち尽くしている。

無理もないと思いながら、亜実は摘《つ》まむ程度しかなくなった前髪を引っ張った。

化粧の仕上げに、都美子は亜実の髪をベリーショートの長さにまで切ったのだ。

「伯母さんにやられちゃって」苦笑いを浮かべるしかない。

後ろ髪をばっさりと切ったのは、そこまですればもう亜実が逃げられないと踏んだからだろう。そこからは亜実が不安になるほど素早くハサミを入れていき、鏡を見たときにはこの頭になっていた。

陽介があからさまに眉を寄せた。

「女の子の髪を切るだなんて、あの人はなんでそんな……」

呻きつつ、陽介はリビングの電話を一瞥した。都美子に文句のひとつも言おうと考えたのだろう。しかし結局、受話器を取ることなく舌打ちをした。

そんな陽介に、亜実は浅く頷いて言った。

「ちょっと散歩してくる。冷蔵庫に夕飯が用意してあるから、温めて食べてね」

陽介は亜実を呼び止めようとしたが、亜実が玄関に向かうと追いかけては来なかった。

外に出た途端、やさしい風が頰を包んだ。髪が短くなっただけなのに、空気の感触まで違っているように感じるのだから不思議だ。今までは兜《かぶと》のような厚い髪に阻《はば》まれて、いちども風に触れたことがなかった地肌が、初めて外の世界を見た子供のようにはしゃいでいる。

一階へ降りるとき、亜実はエレベーターの壁の鏡に自分を映してみた。

時間が経ったので化粧はだいぶ落ちてしまったが、むしろ素顔に近づいたことで髪型の変化が顕著に見える。普段着の黒いパーカーとひざ丈のキュロットスカートが、いつもよりも似合っているように思えた。

なにより亜実は自分でも意識しないうちに背筋を伸ばしていた。男の子のように短い髪。これだけで、なんだか自分がひとまわり大きくなった気がする。

亜実は前髪を引っ張った。

やっぱりね、こっちのほうがよく似合うわと言いながら、都美子が撫でたあたりだ。その手の感触や、芯の通った声を思い出すと、亜実の心に火が灯った。

エントランスを出た亜実は少し考えてから、川沿いのサイクリングロードに向かった。

桜は相変わらず花びらを散らしていた。夜桜を見に来た人の姿がちらほらと見えるなか、亜実は自分でも不思議なことに、あの男の姿を探していた。

すると、いた。

あの男だ。名前は確か、玉緒。

亜実の目を引いた旅行鞄を足元に置き、川のほうを向いて柵に腕をのせている。うっすらと微笑んでおり、なんだか機嫌が良さそうだ。片手で何かを弄《もてあそ》んでいたのでタバコかと思ったが、よく見るとキャップがついたペンのようだ。

「よう」足を止めて見つめていると、玉緒がこちらに気づいた。「なんだか様変わりしたな。いいじゃないか、その髪型」

「……どうも」

亜実は玉緒に近づいた。警戒を解いたわけではないが、あのときのように逃げ出すつもりもない。

「で、やっとおれの話を聞く気になったか」

「えぇっと」さすがに、ストレートに言うのは躊躇《ためら》われた。「あの話っていうのは、どういうつもりで……」

「どうもこうも、あんた死ぬからな」

亜実は乾いた声で笑ってしまった。

玉緒が旅行鞄から宗教のチラシを取り出すのを待ったが、その素振りは見せなかった。

ただペンを回し続けている。

その動きに暗示をかけられたように、亜実は尋ねた。

「……わたし、死ぬの？」

「うん」

「いつ？」

玉緒は目を細め、亜実の体の輪郭をなぞるように視線を動かした。

「……四日後だな。四日後の、朝というところか」

四日、と亜実は口の中で呟いた。

「でも心配することはない。このあいだも言った通り、おれには人の魂を移し替える力がある。つっても、おれがやるんじゃないがね」

そう言うと玉緒はペンをコートのポケットにしまい、亜実に左手を向けた。街灯の光に浮かび上がる玉緒の左手は、人差し指の爪だけが黒く尖《とが》っていた。

「こいつであんたの舌を刺す。すると舌に棘《とげ》が生える。その棘で誰かの体を突き刺せば魂が入れ替わる」

亜実は少しのあいだ考えた。

「それって、他人の体で生きていくっていうこと……？」

「そのとおり」

「入れ替わりに使われた相手はどうなるの」

「あんたの体と一緒に死ぬ」玉緒は手を下ろした。「あんたら人間はすぐ幽霊がどうのと心配するから、先に言っておく。死んだら終わりだ。幽霊にはなれないし、あの世もない。魂は肉体があるあいだだけの存在なんだよ」

「でも、みんなしょっちゅう幽霊を見てるじゃない」

「あんたは見たことがあるか？」

亜実は頭《かぶり》を振った。

「じゃ、いないんだろう」

でも、と亜実は続けかけた。

しかしいくら考えても否定のための言葉は出てこない。

気が付くと、玉緒の言葉を肯定する内容の質問をしていた。

「……体って、誰のでもいいの」

「あんたが入れ替わりたいと思う相手なら。言ったろう、おれがやるんじゃない。噛みつくのはあんただ。ただし、できるだけ自分が死ぬ間際《まぎわ》にやったほうがいい。入れ替わった相手が自分の体を奪われたと騒ぎ出したら事だから」

亜実は胸のまえで拳《こぶし》を握った。

足元に落ちて来る桜の花びらが生き物のように見える。

「誰か、いるのか？　相手の人生を奪いたいと思うようなやつ」

亜実は口を噤んだ。

頭の中に、都美子の声が蘇《よみがえ》って来る。亜実の髪をばっさりと切ったあと、どうしてこんなことをするのか尋ねた亜実に返した言葉だ。

——やりたいからよ。やりたいことをやるのがあたしの生き方。あたしは、そういう生き方ができるだけのものを持ってる。

「いるんなら、遠慮するな。こんな機会は滅多《めった》にないぜ」

「あなたは、明日もここにいる？」

「いるよ。ずっとあんたを待ってたんだから」

握っていた手をおろして、亜実は玉緒を見つめた。玉緒も亜実のまなざしを受け止めるように体をこちらに向けた。

「あなたは何？　天使なの。……それとも悪魔？」

「よく訊かれるんだが、自分じゃわからん」玉緒はほがらかに笑った。「良ければあんたが決めてくれ。どうせ名前なんてものは、他人が呼ぶためにつけるもんだ」

＊

都美子から陽介に電話が入ったのは翌日の朝だった。

大事な書類を用意してあげたから、明日の午後こっちに来なさいと言う。陽介の欲しいものを見抜いていたと言外に言っている申し出だったが、陽介は素直に安堵したようだ。都美子が「亜実ちゃんも連れてきてね」と言い添えても、それを相続人に亜実を指名するという意味にとったらしく、小躍りしていた。

「お父さんが欲しいのは、成人後見人っていう立場でしょう？　わたしは未成年だし、相続人になれてもすぐにお金は手に入らないよ」

電話を切ってあからさまに喜んでいる陽介に、亜実は忠告した。

「大丈夫。いずれ金が入るめどがついているなら、銀行も融資してくれるんだ。さあ行こう」

次の日、亜実は陽介と共に都美子の家に向かった。

さすがに化粧はできないが、できるだけ髪を整え、服も色が鮮やかなものを着た。出迎えた都美子は亜実の様子を褒《ほ》め、応接間に通してくれた。そこでは眼鏡《めがね》をかけた弁護士が待っていて、事務的だがやさしい言い方で用意された書類の意味を説明してくれた。

すべての書類にサインを終え、弁護士を見送ったとき、あたりはもう日が暮れかけていた。

「お疲れ様。お茶の用意をするから、ちょっと待ってて」

頷《うなず》きながら、亜実は都美子の様子を観察した。

いつもと変わらず、全身からしなやかな強さを発散している。都美子にとって陽介の思惑を叶《かな》えてやることは、負けることでも恭順の意を示すことでもなく、予定通りの行動でしかないのだろう。実際、都美子は土地建物を自分の死後亜実に譲る、自分が入院したり日常生活が不自由になったときは預貯金の管理を陽介に任せるとしただけなので、何も損をしていないのだ。

都美子の財産はその魂の強さだろうな、と亜実は思った。都美子の魂が、美貌や金や愛情を引き寄せているのだ。でもそんな強い魂も、肉体がなくなれば消えるという。それは本当に不思議なことだ。

「ちょっと庭を散歩してきます」

亜実はそう言って外に出た。

池のほとりにたどりつく。灯籠《とうろう》型のガーデンライトが傍《かたわ》らにあり、水中を泳ぐ鯉《こい》の鱗《うろこ》が輝いていた。

しばらく眺めていると、玄関扉が開く音がした。

振り返る。都美子がこちらにやって来た。

「伯母さん」

「お茶の準備ができたわよ」

「ええ、すぐ戻ります」

言いかけて踏み出そうとしたとき、都美子がこちらに手を伸ばして来た。

「やっぱり、その髪型のほうが似合う」短い髪の毛先に触れて、亜実の顔の輪郭をなぞるような仕草をする。「亜実ちゃんはきれいなんだから、もっとぱっとすればいいのにって、いつも思ってたのよ」

「……ぱっと、ですか」

「そうよ。亜実ちゃん気づいてた？　あなたいつも目を伏せていたし、背中もまるめてた。服も地味なのを着て、重たい髪で顔を隠して。自信がないのはなぜ？」

服が地味だったのは、それがあなたの趣味だと聞いていたからです、と亜実は言いかけて、黙った。

それを亜実に教えたのは陽介だ。でも、陽介は間違えたわけではない。きっと。

水音がして、亜実は反射的に振り向いた。大きく跳ねた金色の尾びれが、水中に帰っていくのが見えた。

そのとき、右手を温かいものに包まれた。

「伯母さん？」

都美子が亜実の右手を包み込むように握っていた。

「亜実ちゃんの手、すべすべね。あたしの手はもうこんなにカサカサ」都美子は亜実の手の甲を自分の指の腹で撫でている。

その感触は、確かに乾いていた。

「そんなことないじゃないですか。伯母さんの手、わたしよりきれいですよ」

なんとかお世辞を言ったが、内心では驚いていた。家事を担当している亜実の手は荒れがちで、都美子の整えられた手指が羨ましかったくらいだ。でもこうして触れてみると、自分の手は若さに守られていたのだなとつくづく感じた。

都美子は黙って亜実の手を撫で続けている。

「伯母さん、あの……」

「若いって素晴らしいことよ。未来がある。これからいくらでもやりたいことができる」

亜実は咄嗟に手を引こうとした。だがそれを都美子は許さなかった。

「本当なら、そうなるはずだったのに」

強く腕を引かれた。あっと思ったときには都美子の顔が目の前に迫っていた。その瞳に宿る強い決意が、亜実にひとつの予感を抱かせた。

「伯母さん、まさかっ――」

体を捻《ねじ》って逃れようとしたが、足元が滑《すべ》った。

体が傾いた、と思った瞬間、肩に衝撃が奔《はし》り水音が響いた。池に落ちたのだとわかったのと同時に、小さな痛みが首筋を貫《つらぬ》いた。

痛みの方向に亜実のすべてが引き寄せられた。激流に呑まれたような感覚。途中で、何かとても強いものと擦れ違った。光を放ちながら突き進む電《いなずま》のような存在。けれど、その存在と触れ合った瞬間、亜実は包み込まれるようなやさしさも感じた。

叫ぼうと口を開いた途端、流れ込んできた水に喉を塞《ふさ》がれた。急いで口を閉じ、本能に任せてがむしゃらに腕を動かした。普段よりも力が入らない。まとわりついてくる水は亜実が知っている水よりも粘性が高く、重さを持っているようだった。足はかろうじて神経が残った木の棒のようで、体を動かすのに普段の何倍もの努力が必要だった。

ようやく水面から顔を出した亜実は、水を吐き出して空気を吸い込んだ。喉が掠《かす》れた音を立て、肺がきしむ。眩暈《めまい》がひどい。何が起こったのか考えて、真っ先に頭に浮かんだ事実を脳が拒絶した。

「……そんな……」独り言が漏れる。自分の喉から漏れた声なのに、自分の声ではない。

その事実にどうしようもなく打ちのめされたとき、染み込むように記憶が流れ込んできた。

亜実は頭を抱えた。指に絡まる髪も、頭の形も、本当の自分のものではない。でもそれよりも。

「なに、これ……なんで……玉緒――」

呻《うめ》いたとき、自分の声が頭上から聞こえた。

「伯母さんっ。大丈夫!?」大げさな声は、マイクを通して聞いたときのように違和感があったが、間違いなく亜実の声だ。

見上げると、自分自身がこちらを見下ろしていた。自分の目に映っていたときより、何倍も魅力的な姿に見える。雫《しずく》を滴《したた》らせ、冴《さ》えた光で目を輝かせている少女。

「お父さん！　お父さん、来て！」

まっすぐに飛ぶ、澄《す》んだ声。

激しい感覚が亜実の魂を揺さぶった。

自分があの肉体に入っていた頃、あんなに素晴らしい声は出せなかった。こんなにきれいでしなやかだったのか。

玄関扉が開閉する音。それに続いて、駆けて来る靴音と、陽介の声が聞こえた。

「どうしたっ」

「伯母さんと池に落ちちゃったの」

亜実の腕が伸びてきた。体を支えられる。待って、と亜実は呟いた。聞こえてきたのは都美子の声だが、そんなことに驚いている段階は過ぎた。

もういちど頭に手をやった。

いったん流れ込んで来た記憶は定着し、剝《は》がれようとしない。

この家の門の前に現れた玉緒。玉緒から魂の入れ替わりの話を聞く都美子。そして言われている。都美子の寿命はあと一年だと。

そして都美子は、ある願いを玉緒に打ち明けた。

「……なんで……?」

呟いた言葉は、陽介の声にかき消された。

「姉さん、手を!」

「ほら、立てる? 伯母さん」

囁《ささや》いた亜実自身を、都美子の肉体の中から亜実は見上げた。美しい若い顔に薄氷のような微笑が浮かぶ。

その表情が亜実にすべてを悟らせた。

「大丈夫かな。痛いところはない?」薄氷の微笑を消して、心配そうに覗き込んでくる。

その顔は完全にかつての亜実の表情を模倣していた。

「……どうして――」

「姉さん、ほら、上がって」

陽介の手に手首を掴まれて引っ張られる。水から上がった亜実は地べたに両手をついたまま呼吸を整えた。

その横をすらりとした脚が通り抜ける。

「まったくもう、気をつけてくれ。こんな日に何かあったら、俺たちが疑われるじゃないか」

陽介は本気で心配していたのだろう。本音が漏れてしまったことに気づいてもいないようだ。

地べたに手をついたまま、亜実は都美子の肉体の中でもがいていた。この体から出なくては。でも魂の出し方なんてわからない。

突然、陽介が濁った声を上げた。

「おい、あんた誰だ」

＊

その声につられて、亜実は都美子の首を動かした。

陽介の視線の先に暗闇がある。ガーデンライトの明かりが届かない植込みの隙間から、影そのものが動いているかのように一人の男が現れた。

「玉緒さん」そう呼んだのは亜実の声だ。

亜実の肉体を乗っ取った都美子は、白い手で拳を作り、こめかみのあたりを押さえている。何をしているのか、今の亜実にはよくわかる。亜実の脳に残っている記憶を読み取っているのだ。

「やめて……」

叫んだつもりだったが、小さな声しか出せなかった。

「タマオ？　亜実、おまえの知り合いか。どういうことだ？」陽介は救いを求めるように都美子の体に包まれてうずくまり、息を整えている亜実を見た。

玉緒は例の旅行鞄を提げ、悠々と庭を横切って来た。その目は亜実の肉体しか見ていない。

「どうだね。あんたが言った通り、何かあったかね」

妙に時代がかった口調で、玉緒は亜実の肉体を乗っ取った都美子に尋ねた。

ベリーショートの頭がこくこくと頷く。

「ええ。でも、こんな。これはあたしが想像していたのと全然、違う。こんなだとは思わなかった……」

亜実の声だが、話し方は都美子そのものだ。強くて迷いがなく、人生をまっすぐに突き進む魂の音色。

「亜実?」

戸惑い、尋ねた陽介を、亜実の眼が睨《にら》み据《す》えた。陽介がたじろぐように後ずさりする。

「あたしが考えていたのは、学校でのいじめとか、恋の悩みとか、そういうふつうの娘が抱える悩みだった。どんな理由であれ亜実ちゃんの命が短いのなら、あたしの寿命をあげるつもりだったわよ。だけどまさか、その理由が……亜実ちゃんが死に急いだ理由が……これだったなんて」

わけがわからないという顔で、陽介は自分の娘に近づこうとした。

「陽介!」鞭《むち》の音のような叫びだった。地面に伏したままの都美子の両手が、亜実の魂の震えに合わせて揺れた。「あんたはなんてことをっ――どうして亜実ちゃんを、自分の殺人に巻き込んだの!」

ああ、と呻いた。唇から漏れたのが都美子の声であることが悔《くや》しく思えた。

半年前の夜のことだ。

亜実は突然、陽介に起こされた。

陽介は泣きながら言った。

お母さんを絞め殺してしまった……。

リビングに行くと、母親が死んでいた。脱力し、何も考えられなくなった亜実に、傍《かたわ》らで泣いている陽介の呟きが聞こえてきた。お母さんが悪いんだ、いつもいつも俺を馬鹿にして、俺のことを悪く言うから。たいした女じゃないくせに、威張るばっかりで、××××とは違う。

よく聞こえなかった部分は今にして思えば「姉さん」と呟いていた気がする。

陽介は突然、亜実の肩を摑んでこう言った。

亜実はお父さんの頼みを聞いてくれるだろう?

縋《すが》りついてくる陽介に、亜実は「何をすればいいの?」と尋ね返してしまった。すると陽介はまるで最初からそのつもりだったかのように命じた。

お母さんの筆跡を真似《まね》て書置きを書くんだ。家を出る、探さないでほしいって。それからは、俺の言う通りに振舞ってくれ。亜実、おまえはお父さんを見捨てないよな？

そこからは靄《もや》のなかにいるように記憶があいまいになっている。

亜実が書置きを偽造し、リビングのテーブルに置いた頃、陽介が戻って来た。どこに埋めたのか訊いたが答えてはくれなかった。そのあとは二人で、妻に、あるいは母親に家出された家族を演じた。

なぜ父の懇願を受け入れてしまったのか、今でもよくわからない。でもいちど動き出したら止まることはできなかった。

罪の意識は日が経つにつれてつのっていった。

そんなときに都美子が舞い戻ったのだ。なんでも自分の思う通りにできる都美子。都美子だったら、あのときどうしただろう。きっぱりと断って警察に通報したろうか。それとも、今の亜実とおなじ道を選んだとしても、こんなに悩まずに生きていけただろうか。

考えれば考えるほど亜実は都美子が羨ましくなった。玉緒から魂を入れ替える話を聞いたとき、頭に浮かんだのはもちろん都美子のことだ。しかし亜実は都美子の体や財産を欲しいとは思わなかった。病のせいではない。きっと都美子の強さも美しさも、あの魂が作り出しているものだ。亜実の魂がその体に入ってしまったら、きっと今の都美子はいなくなる。

だったらこの貴重なチャンスは都美子が受け取るべきだ。

そして、体を乗り換えてでもあの魂に存在しつづけてほしかった。

そう思ったから亜実は玉緒に都美子のことを話し、会ってもらうように頼んだのに……

なぜ、都美子が亜実の体にいるのだ。もうすぐ死ぬ運命の肉体に。

「あんたは馬鹿よ」亜実の声で、都美子は言葉の弾丸を陽介に向けて発射し続けている。「なんであんなことしたの。ほんとに、せめて亜実ちゃんを巻き込むようなことさえしなければ……」

「何、言ってるんだ。亜実?」

激しく喉を震わせて、陽介は亜実と玉緒、そして都美子を見た。

都美子の肉体の中から亜実も陽介を見つめた。陽介の顔色が変わる。

「あたしは昨夜、警察に手紙を書いた。あんたが何をしたのかを告発する手紙をね。今朝、投函したわ。明日には届くでしょう」

「亜実、おまえ……いや、亜実は……」

陽介がふたたびこちらを見る。亜実は都美子の頭で頷いた。

陽介は口を大きく開けた。途切れ途切れの悲鳴が漏れ、もういちどその場の三人を見渡すと、よろよろと立ち上がって門のほうへ走って行った。

「お父さ――」

追いかけようと立ち上がりかけた肩に、しっかりした手が触れた。

見ると、自分自身の顔が、亜実だったら決して浮かべないだろう深い表情を宿してこちらを覗き込んでいた。

「伯母さん……」呼びかけたが、その『伯母さん』の声なのだから不思議で仕方がない。

「入れ替わろう。そのままだと死んじゃう……」

そう言うと、都美子は亜実の顔に笑顔を浮かべ、こちらに手を伸ばしてきた。

顎《あご》のあたりを指で撫でられる。

亜実ははっとした。急いで自分の舌を上顎に押し付けたが、ただ舌の柔らかな感触があるだけだ。

「棘は使ったらすぐに崩れるからな」歌うように玉緒が言った。

「玉緒さん」都美子の腕を一所懸命に動かして、亜実は玉緒のコートの裾に縋った。「わたしに棘をください。それで伯母さんにこの体を返すから」

「断る」玉緒は身を翻《ひるがえ》し、亜実が伸ばした都美子の手は地面に落ちた。「面白かったから、これで終《しま》いにしようや」

そんな、と亜実は呟いた。涙が、あとからあとから零《こぼ》れてくる。涙で何も見えなくなった亜実の頬を、やわらかな手が拭った。自分だったら決してできないと思うような、確かでやさしい手つきだった。

その感触に問いかけた。

「どうしてですか。なんで生き延びてくれなかったんです。あなただったら、若返ればそれだけでまた素敵な人生が……」

「今のあなたならわかってるでしょう、亜実ちゃん。あたしは生きたいように生きる。後悔はしたくない。もしあなたに寿命が残っていたのなら、あたしは喜んでそのへんの若い娘の体を奪って生き直していた。でもあなたが死ぬというのは許せなかったの。何度も言ったわよね、あなたは可愛い。あたしはあなたが可愛いのよ。そのあなたが死ぬのを黙って見送ったら、あたしはこの先どれほど生きたとしても後悔してしまう。それは嫌」

頭を撫でられ、亜実は頷いた。都美子の肉体が魂に馴染《なじ》んでくるのを感じる。同時に、都美子の記憶も、まるで自分の想いのように胸に染み込んできた。

この人は本当に後悔が嫌いなんだ。自分のやりたいことをやるために命を使う人なんだ。

「お願いがあるの、亜実ちゃん」

濡れた体を支えられ、立ち上がらせられる。

二人はもつれあうようにして進んだ。瞬きをして顔を上げると、涙の膜の向こうに桜の木が見えた。ついこのあいだ、重い気分でお茶会をした桜の木だ。舞い落ちる花びらは光のようで、そこへ向かって歩く自分たちは一体何なんだろうと考えた。

桜の下についた。

「玉緒に聞いたの。あたしの体にはまだ、およそ一年の寿命がある」

振り返ると、暗がりに立つ玉緒が頷いたのが見えた。だがそんな仕草を返されなくても、今の亜実には、都美子が玉緒から残り時間の説明をされたときの記憶がある。

「それだけしかあげられなくてごめんね。でもあなたは、他人の人生を奪って生き延びようとはしないだろうから、これ以外に方法を思いつけなかった」すべらかな手が頰を撫でた。吸い込まれそうに美しい少女と目が合う。短い髪から零れる雫が宝石のようだ。「お化粧してあげたときに使った部屋、覚えてるでしょう。あの部屋のテーブルにね、ハサミが置いてあるの。持って来てくれる?」

「何するつもりなの……」

「警察への手紙にね、こう書いたの。『お父さんの罪を告発するために、私は自殺します』。そこまでしなきゃ、信憑性《しんぴょうせい》がない」

「そんなっ」

「亜実ちゃん。この体はどうせ明日には死ぬのよ」ほんの少し強くなった声が、亜実の肩を揺らした。「完璧にやらないと、すべてが無駄になってしまう。あたしの人生を台無しにするつもり？」

それは、と唇が動いた。

眩暈のような感覚に襲われる。母が死んだ夜、父の命令に従っていたときとそっくりな感覚だった。

ゆっくりゆっくり、桜の下を離れる。

頭にはこのあいだの部屋までの道順が思い浮かび、それしか考えられなくなった。

「さっきはありがとう」

桜の幹に寄りかかって、少女は玉緒を見た。

美しい子だと玉緒も思う。しかしその美しさの根源は、魂の窓だという瞳にあるのは否《いな》めない。

「なにが」

「亜実ちゃんの頼みを断ってくれて。亜実ちゃんに棘を授け返していたらと思うとぞっとする」

「それじゃつまらない。おれは面白いことが好きなんだ」

艶を帯びた笑い声が少女の唇から零れた。

「奇遇ね。あたしもよ」

少女は玉緒から顔を背けた。

桜の枝を一心に見上げている。

玉緒はガーデンライトの近くに移動し、そこで手帳と万年筆を取り出した。

平成三十年（西暦二〇一八年）三月三十日

美しく強い伯母と、繊細な姪。

二人は肉体の交換によってひとつになった。

（こんな詩的な表現を使いたくなるのも春ゆえか？）

そこで筆を止め、玉緒は玄関を見た。
すべてを見届けてからでないと、結末は書けない。

最初の旅

――カムパネルラ、また僕たち二人きりになったねえ、
どこまでもどこまでも一緒に行こう

（『銀河鉄道の夜』）

列車は埼玉県の飯能《はんのう》駅を出たところだ。ぼくはこのまま終点の西武秩父《せいぶちちぶ》駅まで揺られつづけ、そこから列車を乗り換え、さらにバスを待つことになる。

思えばこんなふうに旅をするのは初めてのことだ。

ぼくは内にこもるタイプで、どうしても仕方がない場合を除いて遠くまで出かけたことがない。

これがぼくの最初の旅。そして、最後の旅でもある。

ぼくはもうすぐ死ぬのだから。

靴音《くつおと》が聞こえてきたので振り返れば、その人がいた。向かい合わせの座席が並ぶ通路を、車両の揺れをものともせずに歩いて来る。麻のシャツとグレーのジーンズ、足元はスニーカー。帰宅途中の沿線の住人のような恰好《かっこう》なのに、左手に提《さ》げている旅行鞄《トランク》は、二十世紀初頭の映画で旅人が持っているようなクラシックな品物だ。

「玉緒さん……」

その人がぼくの向かいの座席に腰をおろしたので、ぼくは呼びかけた。

マスクをしているので、声がこもる。咳《せき》をしてから、少し声量を上げて言った。

「困ります。こんなふうに今からそばに来られたら」

隣《となり》の車両との連結部分を見ないようにする。

玉緒に気づかれて妙な行動を取られたら大変だ。玉緒との付き合いは浅いが、この男が『面白いこと』に貪欲《どんよく》で、事態を面白くするためならなんでもすると、ぼくにも薄々わかってきたからだ。

「心配すんな」玉緒は唇《くちびる》の片側を吊《つ》り上げて微笑《ほほえ》んだ。この笑顔を見るのも何度目かわからないが、見るたびにぼくは、落ち着かない気持ちになる。「あんたが何をしようとしてるのかはだいたいわかった。邪魔はしねえよ」

「じゃあ、なんで現れるんですか」

玉緒の笑顔の形がまた変わった。今にも舌なめずりをしそうな、べたついた顔で言う。

「あんたがもうすぐ死ぬからさ」

ぼくはむっとする。

でも、そんな表情を浮かべても、あまり迫力はないだろう。

ぼくはおとなしくて気弱な人間だし、なにより玉緒は、人ではない者なのだから。

先月のことだ。

いつものようにアルバイトから帰ろうとしていたぼくは、駅に向かう途中の道でこの男と出会った。

都内にある大学に通いながら一人暮らしをしているぼくのアルバイトは、新宿《しんじゅく》の片隅《かたすみ》にあるブックカフェ＆バーの店員。本格的なコーヒーと紅茶が飲めて、なおかつアルコールも提供するという通好みの店だ。普段は零《れい》時前に閉まるが、金曜と土曜の夜のみ午前四時まで開けている。ぼくの勤務は火、木、土曜日。玉緒と出会ったのは、始発電車で帰ることになる土曜日の仕事終わりだった。

店のカギを締《し》める店長と別れて、ぼくは新宿ピカデリーの横を通って地下鉄の駅に向かって歩いていた。都会にも人が消える時間帯というのはあるもので、始発少し前のこのくらいがまさにそれ。靖国《やすくに》通りまで出れば二十四時間営業のコンビニや夜を住処《すみか》とする都市居住者の姿が散見できるが、店の近くの路地はそうではなかった。

空はまだ暗く、しかし、空気には朝の匂いが混じり始めている。

ぼくはその時間帯がとても好きだった。人の姿のない暗い道を歩いているとほっとするのだ。時折、この暗闇に溶《と》けてそのまま隠れ住んでいたいとさえ思う。そうやって行き交う人の姿を眺《なが》めながら一生を終えられたらどんなに幸せだろう。他人と向かい合うとき、瞬時に体が強張《こわば》り、精神力のすべてを振り絞《しぼ》って当たり障《さわ》りのない会話を選んでいるぼくのような人間が、きっといちどは抱く願望だ。

でも同時に、そんな夢は夢でしかないことも知っている。

だからこそ、人と接するのが苦手なのに人が集まる場所での仕事を選んだ。そうやって少しずつでも慣れていかないと、ぼくはいずれふつうの社会の爪弾《つまはじ》き者になってしまう。

しかし、暗闇への憧《あこが》れは止められない。

夜明け直前、東雲《しののめ》と呼ばれる時間帯の路地を歩くことは、ぼくのひそかな楽しみだった。

だからこそ驚いた。

普段は誰の姿もない路上に、男の影を見たときには。

その男は空を見上げていた。乏《とぼ》しい街灯が、男の喉《のど》を照らしている。誰かの口づけを待つような、あるいは喉笛が切られるのを待つような姿勢だった。男は四角い鞄《かばん》を持っているように見えたが、詳細まではわからない。何にせよ、人けのない新宿の路地にいるにしては、ずいぶんと無防備な姿だった。

男を見た途端《とたん》に感じた警戒心が、ぼくを不快にさせた。うっとりと空想にふけることができる時間を邪魔されたと思ったのだ。

ぼくは足早に男の横を通り抜けようとした。

「なあ、あんた」

まさにそのとき、男が声を発した。

ぼくは立ち止まった。男の声が、とても耳に心地よいものだったからだ。

ゆっくりと、警戒心はそのままに、男を見る。

男はぼくより十歳くらい上で、豊かな髪をしていて、目元がやわらかだった。

「星が、見えないな」

え？　と訊《き》き返してしまったのは、男がぼくに話しかけているかどうかもわからない達観した雰囲気を纏《まと》っていたせいだろう。自分に注意を向けていない相手には、むしろこちらから注目しようとしてしまうものだ。

「星」

と言うなり、男は顎《あご》を下げた。

「前はここからでも星が見えた。今はもう見えなくなったんだな」長い溜息《ためいき》をつく。

「……残念だ」

本当に寂《さび》しがっているらしい言い方に、ぼくの心は惹《ひ》かれた。

「星が見たいなら、こっちからなら見えると思いますよ」

ぼくは自分が働いている店のほうを指した。

「建物と建物のあいだから、少しだけ見えます」

「へえ?」男は微笑《ほほえ》んだ。唇の片側だけを持ち上げる奇妙な笑みに、ぼくの胸はざわめいた。「どこ?」

「……こっちです」

ぼくは来た道を引き返した。

男はあとをついてきた。

店が入っている雑居ビルと、隣のデパートの隙間《すきま》を指さす。人間一人がやっと体を押し込める程度の幅しかないそこから空を覗《のぞ》けば、かろうじて光を確認できる小さな星が見えた。

「ああ、本当だ」男の声はひどく嬉《うれ》しそうだった。「あれはなんていう星だろうね?」

男の口調《くちょう》は昔の映画の俳優のようにクラシックな響きがあり、ぼくはそれを好ましいと感じた。古いものにもまた、都会の暗闇とおなじ魅力があるのだ。

「さあ、わかりません」

答えて、会釈《えしゃく》をし、そのまま立ち去ろうと思った。

この男のことを好きになりかけていたが、深入りすれば嫌《いや》な面も見るだろう。そんなふうにこの夜の邂逅《かいこう》を汚《けが》したくなかった。

「ところで、死ぬ前にやりたいことはないか」

不意の言葉がぼくの胸を貫《つらぬ》いた。

男はまだ建物の隙間から星を見ていた。

ゆっくり顔を向けると、

「あんたはもうすぐ死ぬんだ」さらりと繰り返した。「その体はあとひと月ももたない。もし何かやりたいことがあるんなら、あんたを生き延びさせてやれるが、どうする？」

「な――」音が喉に引っかかり、頭はますます混乱した。これでは思い出が汚れるどころか破壊されたも同然だ。走って逃げろと、刻《きざ》み込まれた常識が叫ぶのに、ぼくの魂《たましい》はまったく別の命令を下した。「何ですか、それ。死ぬって……」

「他人の体を奪うんだ。魂を入れ替えれば、あんたは新しい人生を手に入れることができる。もちろん別人になるわけだから、今までの人間関係とはオサラバしなきゃならんが」

男は静かにぼくを見た。

不思議な眼差《まなざ》しだった。何千年も生きてなお成長を続ける古木のように、濃厚な記憶を内側に秘めているような。

「おれはタマオ。玉座の玉に——」

「……魂と肉体を繋《つな》ぐ緒のことですか」

玉緒の目がきらりと光った。

「そうだよ。よく知ってるな」

「本は好きですから……」

でも、と続けようとして、言葉を呑み込む。

今、玉緒は何と言った？

ぼくが、死ぬ？

けれど死なない術《すべ》がある？

他人の体を乗っ取って生き延びると言ったのか。

言われたことを反芻《はんすう》するぼくを玉緒はじっと見つめ続けた。心の奥底まで見通されている気分だったが、考えはまとまらず、返事もできない。

やがて玉緒は靴音を立てて踵《きびす》を返した。

「明日、おなじ時刻にここに来る。それまでに考えておけ」

立ち去って行く玉緒をぼくは呆然と見送った。玉緒が提げている鞄が、アルバイト先のカウンターの脇にオブジェとして置いてあるアンティークな旅行鞄とよく似《に》たものであることに気づいたのは、そのときだった。

やがて玉緒の姿がすっかり見えなくなった頃、店から出て来た店長がぼくを見て声をかけるまで、ぼくはその場に佇《たたず》んでいた。


「しかしまあ、よく一晩で決意したもんだ」

悠々《ゆうゆう》と脚を組み、玉緒は頭を掻《か》いた。

その左手に、ぼくは注目してしまう。好き放題に跳《は》ねた髪が絡《から》まる人差し指の爪《つめ》は漆黒《しっこく》で、尖《とが》っている。

翌日の夜明け前、ぼくはアルバイトもないのにあの路地へ行った。そこで玉緒はもういちどおなじ説明をしたのだが、そのときに魂を入れ替える力を授ける道具だと言って、彼は黒い爪を見せたのだ。

「……あんなこと言われたら、そりゃあ、慌《あわ》てますから」

あまりじろじろ見るのも悪い気がして、ぼくは窓の外を見た。

飯能駅には大きな駅ビルがあり、人も多かったが、車窓からは徐々に人工物が減りつつある。

「なかには何日も考えたがったり、信じなかったりするやつもいるんだよ。あんたみたいに生きたがってるやつなら、確かに話は早い」

笑い出しそうになったのを堪《こら》えた。

ぼくは、はっきり言って生に強い執着はない。生物としての、存在し続けていたい、という本能ならあるが、人間としての、この先にもこの世界にいて何かを成し遂《と》げてやろうという思いは薄かった。

玉緒の言葉に応じた理由は他にある。ぼくは、不死に憧れたのだ。人間の寿命を超えて存在し続ける者が内包する、時間の濃さ。その魅力は本に似ている。書いた人の人生が凝縮されて文字になった本。でもそれが生きて動く者となればさらに魅力は増す。

けれどぼくはこのことを玉緒には言うまいと思った。ぼくはまだただの人間だ。玉緒から棘《とげ》を授かり、新たな命を手に入れるまでは秘密にしておきたい。万に一つ、玉緒に逃げられては困る。

「で、入れ替わる相手は選んだんだな?」

ぼくは頷《うなず》かなかった。

玉緒は、すぐにぼくの頭の中を読んだようで、

「心配するな。入れ替わりの邪魔はしない。言ったろう、おれはあんたら人間が他人の体

を奪う行為を見るのが好きなんだ」

と言った。

ぼくは玉緒が脇に置いた旅行鞄を見た。

玉緒が言っていることが本当なのは、なんとなくわかる。そしてその理由が、あの旅行鞄の中身にあることも——もっとも中を見たことはないし、見せてと頼むこともできない。これは勘《かん》だが、きっとあの旅行鞄は竜の逆鱗《げきりん》とおなじく、玉緒にとって簡単には触れさせたくない大切な部分なのだろう。

ぼくが無言で玉緒を見つめると、玉緒は真剣な顔になって顎を引いた。

「……隣の車両に、その人がいます」

「ほう？」玉緒は目を細めた。「そのマスクはもしかして、変装のつもりか」

ぼくは深く頷いた。

「ぼくの寿命はあとどのくらいですか。あなたが言った一か月は、明後日《あさって》ですよね」

「今夜だな」

心臓を打たれた気分だった。

「今夜……？　でもまだ」

「死ぬときっていうのは曖昧《あいまい》なものなのさ。死の時が近づけば近づくほど、はっきりしてくる。あんたと初めて会った夜、あんたの寿命はおよそひと月だと思った。でも今は、あと数時間だとはっきりわかる」玉緒の視線がぼくの体の輪郭をなぞった。

初めて会った夜にも、玉緒はおなじことをして、ぼくはやはり背筋が寒くなったものだ。今ではこの奇妙な視線の意味がわかる。

玉緒は、肉体からはみ出しかけているぼくの魂を視ている。

玉緒の説明によると、人間の肉体と魂の関係はガラスのコップと水の関係に近いものらしい。コップが無傷であるうちは、水はその中にとどまっていられる。けれど死が近づくと、コップにヒビが入るように、魂は少しずつ外に漏《も》れてくる。やがて割れてしまったら、容《い》れ物を失った魂は長く存在できない。蒸発して消えてしまう。幽霊にもなれずあの世もない。人間は誤解しているが、大事なのは体であって魂ではないのだと玉緒は言った。

ぼくの体は死のときに向かって少しずつひび割れている状態で、留まることができない魂の一部がそとにはみ出しているらしい。

「でも、今夜ですか……」思わず隣の車両を見た。

連結部分から見える範囲に、ぼくの新しい肉体の持ち主はいない。けれど飯能駅で乗り換える際、確かにひとつ隣の車両に乗り込んだのだ。

車内アナウンスが流れ、間もなく次の東飯能駅に着く旨を知らせた。

列車が速度を落としていく。

「あんたの目当てのやつが降りたりしないのか?」

「大丈夫です。彼女は終点まで行きます」

「女?」玉緒の声がちょっとだけ揺れた。

予想していた反応だった。体が入れ替わるなんてフィクションにはよくある話で、そのうえ男女の入れ替わりは定番中の定番だ。だが実際には、その後のさまざまな厄介事《やっかいごと》を想像できる者ならやらないだろう。

「性別が違う相手を選んだら駄目ですか?」念のために訊いた。

玉緒は不躾《ぶしつけ》なくらいにぼくを眺めまわしていたが、やがて歯を剝《む》いて笑った。

「好きにしたらいい。おれは誘導しないと決めている。けど、なんでわざわざ女の体を選んだのか聞かせてくれ。面白そうだから」

いいですよ、と答えたとき、列車が動き出した。

先はまだ長い。

ぼくは、頭の中でまとめてから話を始めた。

その女性に出会ったのは、玉緒に出会って間もない頃だった。

出会った、なんていう、生易《なまやさ》しいものではなかったかもしれない。

魂を撃ち抜かれた。何べんも小説で読んだ、もはや陳腐《ちんぷ》にさえなりつつある表現を、我が身で経験したのだ。

＊

火曜日の夜。ぼくのシフト内では、いちばん暇《ひま》な時間帯だ。

店の中には居眠りを始めた常連客のおじいさんが一人きりで、新しい飲み物を注文する気配などなく、店長は事務仕事のために奥のスタッフルームに引っ込んでいた。

グラスを磨きながら閉店後の片づけの段取りなどを考えていたぼくは、突然鳴り響いたドアベルの音に驚き、目を向けた。

店内は、本を読むための座席付近のライトは明るいものの、天井の照明は絞《しぼ》ってある。ただカウンターと出入り口の扉の上の明かりだけは明度を落とさない。そのため、ドアを開けたままこちらを見た彼女と、カウンターの中で動きを止めたぼくとは、舞台上のライトに照らされた役者のようだったろう。

夜明けのような女性だ、とぼくは息を呑んだ。

彼女は長い髪を白金色に染め、黒いブラウスと黒いフレアスカートに、同じ色のストッキングを穿《は》いていた。靴も服とおなじ夜の色。ただし、ブラウスの襟元《えりもと》には、真珠と金のブローチが飾られている。その色彩のバランスが、夜を割り開いて現れる朝の光そのものを思わせた。

「こんばんは」

発した声にも、ぼくは打ちのめされた。

こういう店には独特の雰囲気がある。初めて入った客は、それが本好きな人であれ、酒や休憩が目あての人であれ、店の雰囲気を全身で探ろうとするような緊張した態度を見せる。

ところが彼女の声には、店の空気を自分に従わせるような強さがあった。攻撃的な声ではない。攻撃などしなくても、彼女のまえにはほとんどのものがひれ伏すだろう。本気でそう感じた。

「席、あいてる?」

靴音を立てて近づいて来た彼女に、ぼくは急いで返事をした。

「大丈夫です。お好きな席へどうぞ」声が掠《かす》れないようにするので精一杯だった。

彼女は店内を見渡すと、おもむろに本棚に近づいて行った。ソファ席で顎《あご》を胸に埋《うず》めている常連客の近くの棚から一冊の本を抜き取り、カウンターにやって来る。

そのままぼくの正面の席に座ったので、ぼくの呼吸は浅くなった。

「……ご注文は何になさいますか」

「何か適当に」

彼女の声がぼくの存在を心の外に置いたのがわかって、ぼくは落ち込んだ。彼女はどうやら本棚から取り出した本だけに意識を向けているらしかった。

ただ、この返事自体は珍しくない。店を訪れる目的が読書にある客はたまにいて、なかには人と話すのが苦手な人もいる。ぼくは、そう言われたときに作る『本日のカクテル』を準備し始めた。

彼女はカウンターの上で本を広げ、読み始めた。左ひじをついて指を長い髪に絡ませていたので、白とも金とも見える微妙な色合いが強調されていた。爪にも、白地に黄金のラインを入れている。その夜明けの色は彼女にとって特別な意味合いがあるのだと考えながら、ぼくはカンパリオレンジを作り、カウンターに置いた。

そのまま見つめているわけにもいかず、ぼくは少し横にずれてグラスを磨き始めた。手を動かしながら、ぼくは何度も彼女のほうを盗み見た。

そのとき彼女が読んでいた本はオスカー・ワイルドの『ドリアン・グレイの肖像《しようぞう》』。今でも文庫版で買える本だが、店に置いてあるのは一九九〇年に発売された単行本で、すでに絶版になっている。ぼくも、そして彼女も生まれてはいない頃の本だ。彼女の年齢はいくつだろうと考えて、ぼくは初めて年齢を確認しなかったことを思い出した。一見するとぼくくらいの年頃だが、女性は化粧で年齢をぼかせる。確認できるものを求めずにアルコールを出したぼくを、店長がこの場にいたら叱《しか》りつけたに違いない。

でもなんとなくぼくは、彼女は成人していると思った。十代と二十代のあいだにある境界線は絶対的なものだ。

閉店時間の十分前になると、ぼくは彼女にその旨を告げた。

彼女ははっと顔を上げ、カクテルの代金を払うと本を棚に戻し、出て行ってしまった。ぼくは残念に思いながら、居眠りを続けている常連客を起こした。その人の会計を済ませたあとで、カウンターに残されたカクテルグラスを流し台に置く。

カンパリオレンジはほとんど減っていなかった。ぼくはどうしようもない衝動に駆られて、グラスの縁《ふち》についた赤い口紅《くちべに》を指で拭《ぬぐ》い、その指で自分の唇《くちびる》に触れた。そんなことをしてしまったことは、きっとこの先誰にも言えない。

「おれには言ってるけどな」

玉緒がからかったので、ぼくは話を中断せざるをえなかった。

「……聞きたいと言うから話したのに」

「おれは人じゃないからいいだろう。で、その女と恋に落ちたと」

「ぼくが一方的に、ですけど」

恋というものがこれまでに感じたいちばん強い引力のことであるならば、この気持ちは確かに恋だ。

玉緒は納得したとばかりに頷いた。

「色恋が動機になることは多い。振り向いてくれないなら、そいつが他の誰かを愛せないようにしてやるってわけだろう?」

「違います」

ぼくの返事が、あまりにきっぱりしていたせいかもしれない。

玉緒は「ん?」と唸って頭を傾けた。

ぼくはゆっくりと、その言葉を口にする準備をする。

「ぼくは彼女を守りたいんです。あの美しい体がこれ以上汚れないように」

そして話を続けた。

その女性は週に一、二度のペースで店を訪れるようになった。来ると必ず本を読むが、手に取る本は毎回違う。『ドリアン・グレイの肖像』の次は宮沢賢治《みやざわけんじ》の『春《はる》と修羅《しゅら》』だったし、その次はカズオ・イシグロの『日《ひ》の名《な》残《ご》り』、さらには江國香織《えくにかおり》の『落下《らっか》する夕方《ゆうがた》』も読んでいた。

どの本もわずかな時間で読み切れるものではない。彼女が店に来るのは閉店の一時間くらい前がほとんどだった。

だからこそ、読書好きであることは疑いようがなかった。彼女はそれらの本をいちどは読んだことがあるのだろうし、ラインナップからして、たまにしか本を読まない人が広げる本ではない。

いったいどんな人なんだろう。ますます興味を持った頃、ぼくは彼女の『仕事』を知った。

あるとき、彼女はまた閉店間際《まぎわ》に店にやって来た。

ただしその日は土曜日、というか、いちおう日付が変わっていたから日曜日の夜明け前で、その曜日に彼女が来るのは初めてだった。

店のドアを開けた彼女は、びっくりしたように目を見開いていた。

「いらっしゃいませ」

彼女の表情と、なにより初めて日曜の明け方に会えたことへの驚きで、ぼくの声は震えていたと思う。

彼女は瞬きをしてぼくを見て、普段とは違う声音で言った。

「……ここ、こんな遅くにも開けてるの」

ぼくの胸が疼《うず》いた。その言い方は、これまでに聞いた彼女の声のどれよりも生身のぬくもりがして、ぼくは初めて彼女の内側に入れてもらえた感じがしたのだ。

「はい、金曜日と土曜日は午前四時まで開けています」

ぼくは嬉しくなった。

営業時間に驚いているということは、彼女は金曜日と土曜日にはここに来たことがなかったということになる。

彼女は、霞んだ声で「へえ……」と頷くと、いきなりカウンター席に座った。

ちょうど常連客である中年の夫婦のテーブルで話をしていた店長がこちらを一瞥したが、特に気にしない様子でまた会話に戻って行った。

「何か適当に作って」

注文を受けたぼくの心はざわめいた。彼女が本を取らずに席についたことなど、いちどもなかったからだ。

それでも今日のおすすめがグラスホッパーというカクテルであることを説明すると、彼女はそれでいいと言った。

材料を用意しながら、ぼくは頭に浮かんだ行動を取るべきか悩んだ。カカオ・リキュールのボトルを握る手が汗ばんでくる。踏み出したら戻れないかもしれないと——何か彼女の気分に障ることを言ったら、もう二度とこの店に来てくれないかもしれないという考え、それよりはごくふつうの対応をしてまたここに彼女が来るのを待つべきだという思いとが、ぼくの頭の中でケンカを始めた。

「ねえ」

そんなときに話しかけられ、ぼくはあやうくシェイカーを落としそうになった。

返事をするのも忘れて彼女のほうに体を向ける。

夜明け色の長い髪に縁どられた顔の白さ、唇の濡《ぬ》れたような輝きに、ぼくは見惚《みと》れた。

「あなたも本を読むでしょう。何かおすすめある?」

「あっ……」頭が勝手に記憶をほじくり返した。しかしおすすめと言われても、彼女がどんな本を読みたいのかわからない。「たとえば、お求めのジャンルはありますか」不慣れな店員のような口調になってしまった。

彼女は少し首を傾げて、

「そうだな、死にたい気分のときに読む本がいい」

と言ってのけた。

ぼくの全身が震えた。彼女の口から出た死という言葉には、刃物の冷たさに似たぞっとする響きがあったのだ。

「シでもいいよ」

それが詩という意味であると気づくのに、少し時間がかかった。

「詩ですか――」目が本棚のほうにいく。誰も座っていない一人掛け用ソファ席のうしろの棚を見た。

それからおもむろに、ぼくはカウンターを出た。

店長が胡乱《うろん》な目つきでぼくを見たのがわかったが、振り返らなかった。そのまま本棚に近づき、単行本サイズの薄い本を抱えて戻って来る。

「こちらはいかがですか」

差し出したときぼくはやっと、自分がシェイカーを持ったままであることに気づいた。バーの店員にあるまじき行いだ。それも、材料を入れたまま、まだ振っていない。これでは味が落ちるから作り直さなければと焦ったとき、本を差し出す右手にやわらかなものが触れた。

「カクテルはそのまま作っていいよ。本もありがとう」

彼女の指だとわかった途端、爆発するように体温が上昇した。

そのときにはもう本は彼女の手元にあり、ぼくは大慌てでカウンターのうしろに戻ったのだが、彼女はもういちど言った。

「本当に、そのまま作ってね」

客にそう言われたら従うしかない。

店長を見ると、彼もぼくに目配せをしていた。ミスを叱る色のうしろにある仕方がないからやれ、という指示を読み取って、ぼくは恥じ入りながらシェイカーを振り始めた。

「『銀河鉄道《ぎんがてつどう》の夜《よる》』。そうなんだ？」

「そうなんだ、というと……？」ぼくは恐る恐る訊いた。

「これがあなたの、死にたい気分の人におすすめする本なんだなあと思って」ぼくは神経を研ぎ澄《す》ませたが、彼女の声の中にはこちらを馬鹿にしている気配はなかった。「ひとつだけ教えてくれる？　詩でもいいよって言って、詩ですか、って答えて本棚に行ったのに、どうして持ってきたのが童話なの」

「あなたが以前、宮沢賢治の『春と修羅』を読んでいらっしゃったので、おなじ作者の、その本を」

「いらっしゃったので、いらっしっ……」噛んでしまった。

彼女がぼくを見た。

白い顔の中心の大きな瞳に心を吸われたようになり、ぼくは言葉を失った。

「カムパネルラ、また僕たち二人きりになったねえ、どこまでもどこまでも一緒に行こう」彼女は『銀河鉄道の夜』の一節を本を開かずに引用した。「この話って、川に落ちて死にかけている親友の魂と旅をする男の子の話だもんね」彼女は本の表紙を撫でた。明け方の空の色に塗られた指先が眩しかった。「きれいな文章だよね」

「ええ」ぼくは勢い込んで話した。「途中でタイタニック号の犠牲者が出てくるじゃないですか。あのくだりも好きです」

「うん。いいよね、あそこ」

彼女と会話ができたことでぼくの胸は高鳴り、幸福が全身を包んだ。シェイカーをリズムよく振る。その音のうしろで、彼女が呟いたのが聞こえた。

「わたしが好きになってもいいのか考えちゃうくらい、きれいな物語」

ぴたり、とぼくの手が止まった。

耳を澄ましたが彼女はもう黙ってしまい、ぼくはできあがった緑色のカクテルをショートグラスに注ぐしかなかった。

彼女は本を開き、いつものように読み始めたが、その目はほとんど文章を追っていなかった。

やがて閉店時間がきて、彼女は帰って行った。グラスの中身はやはり減っていなかったが、縁には口紅のあとがついていた。ぼくがその赤い色を見つめていると店長が言った。

「なんとも複雑なお客さんだね」

どういう意味かは訊けなかった。訊いておけば、少なくともああはならなかったろうか。いや、ぼくのことだから意固地になって否定して、結局おなじ道をたどっただろう。


「で、いつ本題が始まるんだ」

玉緒の声がうんざりし始めていることに気づいて、ぼくは少し怖《こわ》くなる。ぼくには大事なくだりだったのだが、やはり話をするのがへたくそなのだろうか。

「あの、つまり、もうすぐなんですけど」列車は長いトンネルに入っていた。

玉緒は頭を掻いて、続けろ、と短く言った。

「簡単に言うと」ぼくの胸に熱いものがせり上がってくる。彼女に初めて話しかけたときと似ているが、もっと水っぽい感情だ。「彼女は娼婦《しょうふ》だったんです」

こちらを見る玉緒の表情が変わった。唇の片側だけが持ち上がり、目が輝く。

「それは面白い」

なにが面白いというのか。これは悲劇だ。

ぼくがその事実を知ったのは、彼女に『銀河鉄道の夜』を渡したその日だった。玉緒と出会ったときのように店を出て、夜明け間際の街を歩く。路地から出る直前に、ぼくは彼女の姿を見つけた。

彼女は男と一緒だった。ラブホテルの自動ドアをくぐって現れた二人は、路地の片隅で足を止め、二言三言、言葉を交わした。聞き耳を立てたぼくはその短いおしゃべりで、男が彼女を二時間三万円で買ったことを知った。男と彼女はその場で別れた。

一人残った彼女は突然、その場に座り込んだ。短いスカートを気にも留めず、顔を伏せて、両手で耳を覆っている。まだ寒い時季だったのに、彼女はコートを着ていなかった。街灯のないところに座っているから、店の中できらきらと輝いていた長く白い髪も、黒く沈んでいる。ぼくはその姿を、悪夢から出られない子供のようだと思った。

声もかけられず、ぼくは彼女を見つめ続けた。どのくらいそうしていたかはわからない。彼女はやがて正気に戻ったかのように立ち上がると、大通りに向かって行った。ぼくは長い時間が経過してからその場を離れた。

次に彼女に会ったのは、翌週の土曜日だった。

その日も黒い服を着ていたが、初めて会ったときに襟元に飾っていたブローチが、そのときは左耳を飾っていた。ブローチではなくイヤーカフだったんだなと感心するのと同時に、そうまでしても身に着けたいものだと思うと興味が湧いた。

「今日も本を選んでくれる？」彼女は言った。「死にたいときに読む本」

そのとき、店長はたまたま外していていなかった。それでもぼくは自分があのときとおなじ失態を犯していないか気にしながら、こんどは谷川俊太郎《たにかわしゅんたろう》の詩集を選んで持ってきた。『除名《じょめい》』という、彼女の希望を鑑《かんが》みれば意味深なタイトルの詩が載《の》っているページを開いて渡す。

彼女はそれを興味深そうに読んだ。

ぼくはまたその日のおすすめのカクテルを作った。胸の中には先日見た彼女の姿が、嵐のように渦《うず》まいていた。

そのとき、彼女が言った。

「ねえ、わたしのこと好き？」

カルーアミルクを作っていたぼくの手が止まった。

「そんな気がしたから、訊いてみたんだけど」

「――はい。惹《ひ》かれています」

「どんなところに惹かれてるの？」

「姿とか……本が、好きなところとか」

「死にたがってるところとか?」

「それはないです」ぼくはまっすぐに彼女を見たが、彼女はこちらを見ていなかった。

「生きていて欲しいと思います。好きな人には、ずっと幸せに」

彼女はぼくの体の横の何もない空間に見入っていた。

答えを待ったが、彼女は何も言わない。

ぼくは気持ちが萎《しぼ》んでいくのを感じながら、できあがったカルーアミルクを彼女のまえに置いた。

それと同時に、彼女は席を離れた。

「お店が終わったら会いましょう」

それだけ言って店を出て行ってしまう。ぼくは呆然と立っていることしかできなかった。ドアが閉まる音を聞いてからカウンターを出る。見ると彼女が座っていたイスの上にカクテルの代金が置いてあった。

「気をつけたほうがいいよ」

千円札を握り締めていると、店の片隅から声をかけられた。

そこには先週、店長と話し込んでいた夫婦の妻のほうが、一人で呑んでいた。

「あの子、やばいよ」四十過ぎの女性客は大袈裟《おおげさ》な口ぶりで言った。「出てくときに何か言われてたけど、行かないほうがいいと思う」

「行きませんよ」咄嗟《とっさ》に答えたのは、ぼくが彼女を庇《かば》えばこの女性客は彼女のことを悪く言うだろうと予感したからだった。「あんな胡散臭《うさんくさ》い女」他人の声で訊くより自分で言ったほうがマシと判断して吐き捨てたが、ぼくの心は見事に痛んだ。

「うん、それがいい」

ぼくは彼女のまえに置いたグラスを流しに置いた。口紅の痕はなく、ぼくの胸の痛みが深くなる。

「もし、だけど」女性客が付け足した。「……関わるつもりなら、覚悟がいるよ」

ぼくは強く唇を結んだ。どういう意味ですかと訊き返しそうになったのだが、そんなことをすれば女性客が何と返すか想像がついたのだ。それを聞きたくなかった。ただただ、全力で、全霊で、聞いた言葉の裏側にある意味を否定していた。

あの女性客は帰り際までぼくに忠告してくれたが、ぼくはその声を聞き流していた。

震える思いで営業を終え、戻って来た店長に挨拶《あいさつ》をして店の外に出た。

夜の匂いと闇はまだあたりを覆《おお》っていたが、空気はそれほど冷たくなく、季節の移り変わりを感じさせた。どこからか、桜の匂いが漂《ただよ》ってきた。その香りを嗅《か》ごうと頭をめぐらせたとき、路地の先にたたずんでいる彼女の姿を見つけた。

ぼくが彼女を見るより先に、彼女はぼくを見ていた。

目が合う。

彼女は動けないでいるぼくのもとに近寄ってきて囁《ささや》いた。

「アキ、だよ」

それが彼女の名前だと気づくまで、ぼくは彼女の瞳《ひとみ》に見入っていた。柔らかそうな前髪が目元まで落ちている。彼女は睫毛《まつげ》にも何かきらきらする化粧品をつけていた。彼女が夜明けの色を身にまとう理由について、勝手に思考していた。

そしてぼくが、自分の名前を教えようとしたときには、彼女――アキはぼくの手を取って歩き出していた。


「で、その女と寝たわけか」黙り込んだぼくの耳に、玉緒の声は深々と突き刺さった。

「どうしてわかるんです」

窓の外を見ながら訊く。

すでにいくつかの駅を過ぎていた。あたりはすっかり山が多くなり、人家の屋根瓦《がわら》よりも緑のほうが目に入る。

ホームに到着してドアが開くと、爽《さわ》やかな風が流れ込んできた。

「そりゃおまえ、女に手を引かれてしけこんだら、やることはやるだろうが」

「はっきり言わないでくださいよ」ぼくの声は若干《じゃっかん》、大きくなった。

列車が動き出した。

ふたたび、トンネルに入る。

車内の暗さに引っ張られるように、ぼくはアキと二人でホテルに入ったときのことを話した。

「まるで夢の中にいるようでした」目を伏せて、嘲笑されるのを待った。けれど聞こえてくるのは車輪が線路を噛《か》む音だけだ。「自分がどこに向かっているのかもわからなかったくらいで。ラブホテルに入るのも、ぼくは初めてでしたから、想像してたよりはふつうの部屋なんだなって思いました」

「連れ込み旅館か。最近行ってねえなあ」

笑ったのはぼくのほうだった。

「連れ込み旅館って、ラブホテルの古い言い方ですよね。興味があります。落ち着いたら、昔の話も聞かせてください」

「逆さクラゲなんていう言い方もあったぜ。で、あんたはその想像してたよりはふつうの部屋で、アキに童貞をもらってもらったってわけか」

「いいえ」

きっぱりと答えた。

ぼくは目を伏せたままだったので、玉緒がどんな顔をしたのかはわからない。

だが話し続けた。

「アキはぼくとセックスをしようとしましたけど、ぼくは突き飛ばしたんです。そのときの彼女は、なんていうか——ぼくには、とてもつらそうに見えたから」

玉緒は食い入るようにこちらを見ている。あんまり貪欲《どんよく》な目つきをしているので、ぼくのほうが尻込《しりご》みしたくらいだ。

「それで?」

「それで——」

言いかけたとき、列車の速度が落ちた。終点の西武秩父駅が近づいている旨のアナウンスが流れる。そこでトンネルが切れ、山に囲まれた田園地帯の光景が現れた。

「どうして突き飛ばしたのか訊かれたから、素直に言いました。君がつらそうに見えるからと……。そしたら、彼女は泣き出してしまって。ぼくはおろおろして、なんだか自分まで泣けてきて、それから彼女は言いました。『見破られたのは初めてだった』と」

列車の速度がさらに落ちる。

ぼくは腰を浮かしたが、ぎりぎりまで座っているつもりなのか、玉緒はどっしりと構えたままだ。

「ぼくはアキの隣に座って、長い時間話し込みました。嫌《いや》な仕事ならやめればいいのにと。すると彼女は、嫌だからこそ続けているのだと言いました。昔からふつうの人みたいに振舞えず、そんな自分が嫌いで、だから自分を傷つけている。傷つけるために、したくない仕事をしているのだと。彼女も本が好きな人です。好きになれる本を読むと、一日中その本の事ばかり考えている。気に入った文章を見つけると、何年経っても覚えている。そんなだから、ふつうの人みたいに広くて浅い人づきあいや、顔で笑って心の中で相手を馬鹿にしたりだとか、そういうことができないんだと言っていました。アキ、という名前は、暁《あかつき》にちなんでいるそうです。髪をあんな色にしているのも、夜のあいだだけ男に夢を見せる存在だと自分に言い聞かせるためだと……。そのときは、他にもいろいろな話をしました。玉緒さん」

列車がホームに滑り込み、ドアが開く。

玉緒はようやく立ち上がった。

車内に残っていた人たちも、ぞろぞろとホームへ降りていく。皆、大きなリュックを背負っていた。晩春の山登りを楽しむ人たちだろう。

ぼくたちも、やわらかい風の中に踏み出した。

「夜明け色の髪なんて見えないがね」隣の車両から続々と降りてくる乗客の頭を眺めて、玉緒が首を捻《ひね》った。

「……青いリュックを背負ったおじいさんの前に、女の子がいるのがわかりますか」

指をささずに言う。

「ああ、いる」

晴れ渡った空に似合わない、黒いセーターを着た女だ。髪は肩よりも短く、服とおなじ色をしている。顔は見えないが、女性にしては背が高い。

「ぼくと話をしたあと、彼女はもういちどだけ店に来てくれました。そのとき、アキは長く白い夜明けの色を捨てていた。今までにもアキのことを好きになった人はいたそうです。客にも、そうでない人にも——でもぼくのように、彼女を拒絶した人はいなかった。すべては、ぼくのためだと言ってくれました」

改札を抜ける。

駅前には商店街があり、観光地独特の賑《にぎ》やかな雰囲気に包まれていた。

「ぼくは彼女とひとつになりたい」黒い服を着た後ろ姿は、タクシーに乗り込んだ。ぼくはマスクの位置を直した。「アキは、ぼくが女性だったらそうなっていたかもしれない姿です。彼女は死にたがってる。ぼくは、死にたくない。でもこの体が嫌いで、彼女の体を愛してる。だからちょうどいいんだ」

ふん、と小さく鼻を鳴らす音が聞こえた。

「恋の狂態はいつの時代も変わらんな」

＊

で、と玉緒は黒い髪の女性を乗せて走り去っていくタクシーを見送りながら言った。

「行かせていいのか」

「いいんです。行先はわかっていますから」

そう言いながら、ぼくは乗り換え先である秩父鉄道の駅へ向かった。

春から秋にかけての月にいちど、秩父を訪れる。そうアキはホテルの部屋で隣り合って座っているときに話してくれた。はっきりとは教えてくれなかったが、なんとなくそこが彼女の故郷なんだろうと思った。ぼくは東京で生まれ育ったから、秩父地方の言葉のイントネーションはわからないし、アキの話し言葉に訛《なま》りはないが、昔聞いた話を思い出したのだ。秩父は山間《やまあい》の土地が多く、日照時間が短い。そのせいか色白な人が多く、特に女性は美しいと。

アキがいつも特定の宿に泊まるのかどうかは知らない。でも、秩父に行ったら必ず立ち寄る場所があるとは聞いていた。

「秩父華厳《けごん》の滝というところです。近くまでバスが出てますから、そこで彼女を待ち伏せしましょう」

「待ち伏せねえ……」

玉緒は首を掻《か》いた。

「そこにずっといるわけじゃないんじゃないのか」

「いえ、大丈夫なんです」問いかける玉緒の目を見ながら、ぼくはその理由を口にした。心臓のあたりが、ずんと重くなる。「……行くのは必ず夕暮れ時だと、そう聞きましたから」

皆野《みなの》駅前でバスを待ち、目的地に向かう。

玉緒と一緒に最後尾の座席に腰を下ろした。バスは列車以上に空《す》いていて、ぼくらの周りには誰も乗っていない。変装の必要はなくなったが、ぼくはマスクを外さなかった。

「このあたりには、来たことがありますか」

「あるよ。わりと最近」

「……そうなんですか。そのときも、魂を入れ替えるために？」

「ああ。あんまりうまくいかなかったがね……。しかしあのころは確か、ここに学校が建ってたはずなんだが。いつの間にかなくなったな」

それは西武秩父駅ができるまえの話ではないか。そうするともう五十年以上昔のことになるけれど、玉緒にとっては半世紀前が『わりと最近』になるらしい。

「本当に、ずっと生きているんですね」

「そうさね、あんたと比べたら長いなあ」

「どんな気分ですか。ずっと生きるっていうのは」

沈黙が落ちた。

訊いてはいけないことだったのかと、恐ろしさを抱いて玉緒の横顔を見遣《みや》った。

玉緒はほとんど表情のない顔で、バスの通路を見つめていた。

「……気分、のことだけを言うなら」僕は息を呑んだ。玉緒の声がいつになく熱を持っていたのだ。比喩《ひゆ》的な意味でなく、聞いていると耳が熱くなってくる。「緊張の連続だな。張り詰めていて、気が抜けない」

「え、でも……ずっと生きていけるなら、時間がたっぷりあるっていうことじゃないですか。だったら好きなことをいくらでもできるんじゃないですか？」

少なくともぼくだったらそうする。本を読み、散歩をし、好きな音楽を聴いて、歳《とし》を取ることにも怯《おび》えない。

「それじゃ駄目なんだよ。どんなに好きなことをしていても、人の心はいつかふっと醒《さ》めるときがくる。自分の存在を呪うようになってしまう。そんなことになったら……」言いかけた言葉を玉緒は呑み込んだ。

人、とぼくは口の中で呟いた。今、玉緒は、自分のことを人と呼んだ。彼のことを異世界から遊びに来た妖怪の類だと思っていたぼくはひどく驚いた。

玉緒は少し早口になって続けた。

「だから決して飽きない、特別な娯楽を見つけるしかないのさ」

そう言うと玉緒はぼくのほうを見て、いつもの唇の片側だけを歪める笑みを浮かべた。


秩父華厳の滝は、日野沢三滝《ひのざわさんたき》と呼ばれる三つの滝のひとつである。

日野沢三滝は、皆野町の山間にあって、ハイキングコースが整備されている。それぞれ秩父華厳の滝、上空滝《かみそら》、不動滝《ふどう》の名前がついており、秩父華厳の滝は三つの滝を巡《めぐ》るルートの最初の場所に位置している。

バスを降りて、長閑《のどか》な町を歩くこと十分少々。

案内の看板が見えて来る頃、瀑布《ばくふ》の音も聞こえて来た。すでに空は暮れなずみ、周囲に高い山が聳《そび》えているせいか夕日の色も見えない。

「こっちですね」

滝の方向を示す案内標示の文字も、かろうじて見える程度だ。

慎重に進んで行くぼくのうしろを、玉緒はついてきた。

道は山裾に沿って延びている。足元は舗装などされておらず、大小の石がごろごろ転がっていた。明るかったとしても歩きにくい場所だろう。道の左側には、滝つぼから流れてきていると思われる川があった。水が澄んでいるのか、薄暗くても水底《みなそこ》が見通せる。

響き渡る滝の落下音を聞いているうちに、ぼくの胸は高鳴ってきた。

「あと、どのくらいでしょうか」

うしろをついてくる玉緒に、横顔だけを向けて尋ねる。

「滝はすぐそこだろう。これだけ音がデカいんだから」

「そうじゃなくて……」

「ああ、あんたの死期か」少しの沈黙。「まだ一時間はある」

一時間。それが、この体に残された時間なのだ。

ぼくは自分の胸に手をあてがった。

二十年間の人生を支えてくれた肉体は、もうすぐ主《あるじ》を失って活動を止めようとしている。それを知らずに脈打ち続けている心臓が急に哀れになってきた。

「それで、あんたもやるのかね」不意に玉緒が言った。

道はいよいよ荒れ、両側から木の枝が張り出してきた。ぼくは足元に目を落としながら歩くことにした。足元の地面に転がる石も、生えている草の輪郭も、濃くなっていく闇に溶け込もうとしている。

「何をですか」

「売春」

思わず口をつぐんだ。

「アキになったら、アキとおなじことをするのか？　それとも、もう一生誰にもその体を触らせないつもりか。あんたみたいな文学青年だったら後者のほうを選びそうだが、そうするとあんたは一生、肉の快楽を知らないことになるな」

玉緒は遠慮のない言葉を浴びせてくる。

背中で受け止めるぼくは、苛立ちが胃の底を刺激するのを感じた。

だが、反論はしない。

それよりも足元を見ながら歩き続けた。滝の音はどんどん近づいて来る。水の匂いが空気に混じり始め、夜はさらに深さを増している。早くしたほうがいいとぼくは思った。

ぼくは、適当なところで足を止めた。

「どうした？」

「ちょっと、靴が引っかかって」

「靴？」

「ええ……」

ぼくは腰を折り、右のスニーカーの爪先に手を伸ばした。

玉緒が覗き込む気配がする。

その機会を逃さず、ぼくは素早く足元に落ちていた石を拾い、振り向きざまに玉緒の顔面を殴打した。

＊

石の角がやわらかいものにめり込む感触がした。

やった、と思ったが、それで終わりではない。ぐらりと傾いた玉緒のこめかみに、石の尖《とが》りを打ち付ける。玉緒は川とは反対側の茂みに横ざまに倒れ込んだ。

だがぼくは打撃の手を止めない。

暗がりのなかで、玉緒の左目から血が溢《あふ》れているのがわかった。長い時を生きる不死の体から血が出るというのは奇妙なものだ。ひどく驚いていたことだろう――ぼくが何も知らなければ。

「おまえっ……！」

玉緒の呻《うめ》き声を砕く勢いで、ぼくはその左目を石で殴った。マスクの内側で息が弾む。硬いものが割れた感触がした。それでもやめない。石を握り直し、何度も何度も打ちつける。

――おなじところを狙うのよ。

夜が明けた街の、うらぶれたラブホテルの一室で聞いた囁きが蘇る。

――そうじゃないと、すぐに傷が塞《ふさ》がって起き上がってしまう。わたしたちはそういう体なの。

「ありがとう！」

声がこもるのもかまわず、ぼくは叫んだ。

ありがとう、ありがとう、ありがとうありがとうありがとう。

もし君から聞いていなかったら、今頃一撃目でやめていた、そうしたらすぐに玉緒の反撃に遭《あ》い、ぼくはもうすでにこと切れて地面に転がっていたかもしれない。あるいは君と出会わなかったなら、ぼくは新しい肉体も求めず、この虚《うつ》ろな人生を喜んで手放していただろう。

そうじゃないのは。

「君のおかげだ、アキ！」

最後にもういちど、大きく石を振りかぶって殴打した。石が手の中で割れたのがわかった。腕から肩にかけて、雷をくらったような痺《しび》れが奔《はし》ったが、それでようやく息をつけた。

二つに分裂した石を落とし、玉緒を見下ろす。

人間だったら間違いなく死ぬか、気絶するかしているだろうに、玉緒は呻きながら身をよじっていた。顔の左側は眼球があった箇所を中心に大きくくぼみ、好き放題に跳《は》ねた髪は血に濡れている。残った右目が血走ってぼくを見上げていた。

「なんの……つもりだっ……」

ふふふ、と笑う声が響いたのはそのときだった。

あらかじめ打ち合わせてあったことであるが、ぼくでさえ、その声には驚いた。鳥の羽のように軽くて、金平糖《こんぺいとう》のように可愛《かわい》らしい笑い声。人間の笑い声よりは、夢の中で聞く音楽に近い。

ぼくは声が聞こえてきた方向を振り返った。

滝つぼのほうから、華奢《きゃしゃ》な人影が岩の上を伝って来る。その姿は時間を飛び越えて訪れた曙光《しょこう》そのものだ。長い白金の髪が夜の暗さを退けている。

「アキ」

愛情と畏敬《いけい》の念を込めて、ぼくは彼女の名前を呼んだ。

アキはぼくを見た。なんて深い瞳。やさしく、澄んだ面差《おもざ》しだろう。初めて見たときからぼくは、彼女の美貌にとらわれていた。

「おまえは……」玉緒が掠《かす》れた声を上げたので、ぼくは足元を見た。

驚いたことに玉緒は起き上がろうとしていた。顔の半分が崩れているのに、痛みや眩暈にさえ苛まれていないように見える。

ぼくは咄嗟に、玉緒の地面についた右手を踏んだ。玉緒は素早く左腕を振ろうとしたが、ぼくも容赦はしない。さらに強く、渾身《こんしん》の力を込めてもういちど玉緒の右手を踏んだ。骨が折れた気配と玉緒のくぐもった悲鳴。それでもやめず、もういちど足を振り下ろし、さらに、靴底で踏みにじった。

「あーあ」アキが笑い混じりに言った。「そうなると、なかなかくっつかないんだよねえ」

玉緒の人差し指は完全に折れ、奇妙に捻れていた。

ぼくが右手を狙ったのには理由があった。玉緒にとって左手の人差し指の黒い爪は体のなかでもっとも大事な部分だ。だから、右手を守るために左手で庇うことはしない。そうアキから聞いている。

玉緒は歯嚙みしながらアキを睨んだ。ぼくは何かあればアキを庇えるように、玉緒とアキのあいだに立つ。しかし、ぼくの体でアキから玉緒が見えなくなるのは避けていた。アキは玉緒に、自分の姿をじっくりと見せたいだろうと思ったからだ。

「アキ。暁——そうか……」玉緒の唇が震え、笑い声に似たいびつな呻きが漏れた。「気づかなかった……おれも、馬鹿だな」

「そうだね、玉緒さん。あなたは甘い」

そう言ってアキはまた、ふふふ、と笑った。

ぼくはちょっとだけ嫉妬を感じて、アキのほうに体を寄せた。するとアキは心得ているようにぼくの頰を撫でた。

指の柔らかな感触に体の奥が熱くなる。

アキはすぐに指を曲げ、爪でぼくの輪郭をたどった。目の端に捉えた爪からは、ネイルカラーが除去されている。なめらかな爪のなかの、一本だけが彼女の瞳のように黒い。

「作り話が上手だったでしょう、この子。本が好きっていうのは素晴らしいことだよね」

アキの唇からこぼれる誉《ほ》め言葉が、ぼくにはたまらなく嬉しかった。


そう。

ぼくは玉緒に嘘を話した。ぼくとアキが出会ったのは玉緒に声をかけられたあとだし、店での会話もほとんどがでたらめ。駅であれがアキだと言って指さした女性はもちろん、適当にそれっぽい娘を選んだだけだ。

でも、すべてが作り話だったわけじゃない。ぼくがアキを愛していることや、アキとラブホテルに入ったこと、そして今夜ここにアキが来ることは事実だ。

「アキが初めて声をかけてくれたのは、玉緒さんがぼくに寿命を教えてくれた日だよ」

倒れたままこちらを睨む玉緒に、ぼくは嚙み砕くように言った。

話しながらもぼくは、地面に投げ出されたままの玉緒の脚に注意を払っている。普通の人間だったらこの状態では痛みに苦しむか気絶するかのどちらかだが、玉緒が余力を持っていることは、アキから聞いて知っていた。

「あなたがいなくなって、駅に向かったぼくは彼女に声をかけられた。アキはぼくに、アキが棘を授けた人が体を乗り換えるところを見せてくれた。そうやって彼女や玉緒さんが本物であることを示してくれたけど、そんなことをしなくてもぼくは彼女を信じる気持ちになってたんだ。だってアキはとても美しいから。美しいという、それ以上の理由はないんだ」

これ以上、玉緒に説明してやる必要はないだろう。

というより、ぼくが話したくなかった。ここから先はぼくとアキの大切な思い出だ。

アキとぼくは二人きりになり、アキはぼくに、長く生きてきた年月に磨かれた技を堪能させてくれた。目隠しをされ、服を着たままのアキに裸にされて、ぼくという男の機能を事細かに観察される羞恥《しゅうち》と昂《たか》ぶりは素晴らしかった。ぼくには女性との性経験はなく、正直、そのことに劣等感を抱いていたけれど、アキに抱かれる喜びと比べたらごみみたいなものだ。

すっかり搾《しぼ》り取られたあとで目隠しを外されると、まったく乱れた様子がないアキが微《ほほ》笑《え》んでいた。君はいいの、と訊くと、彼女は人ではないからヒトの性の営みには参加できないのだと俯《うつむ》いた。

それも、ぼくには魅力的だった。次の世代に命を繋ぐ役割を背負ったぼくらは、所詮《しょせん》、遺伝子の乗り物でしかない。でも彼女はその宿業《しゅくごう》から逃れ、自由に時を渡って行くのだ。こんなに素晴らしい存在があるだろうか。

ぼくは思っている。

すべてが終わり、ぼくがアキとおなじ存在になれたら、そのときは彼女にも裸になってもらって、その膚《はだ》に余すところなく口づけをするのだ。子孫を作るためではない、純粋な愛の行為。そのときを思うとぼくの魂は燃え上がる。

だから、早く。

「もう、やっていいよね」

玉緒から目を離さないようにしながら、ぼくはアキに言った。

アキは弾んだ声で「うん」と答え、一歩うしろにさがる。

途端に、玉緒の右目が見開いた。このやりとりだけで何をされるか悟ったのなら、さすが人外の勘の良さというべきか。

だがぼくは素早く動いた。

「やめろっ――」

叫ぶ玉緒の腕を押さえ込む。左手の手首を地面に押し付けようとしたが、鉄のような力に押し戻された。だが無傷のぼくは跳ね飛ばされるほどではない。ぼくは格闘を続けながらマスクを引き剝がし、口を大きく開けた。

ぼくの口の中を映した玉緒の右目が驚愕に揺れる。

ぼくは愉快な気分になって、見せつけるように舌を突き出した。

先端にはアキがくれた贈り物が生えている。黒い棘。魂を移し替え、相手の肉体を奪う最強の牙。肉体の寿命が魂の寿命なら、玉緒の不死性はその体に宿っている。

「こんなことを！――レイメイ！」

玉緒が叫んだ言葉の意味はわからないし、わからなくてもいい。

ぼくは仰《の》け反《ぞ》った玉緒の喉笛に嚙みついた。棘が皮膚を食い破る直前、玉緒が激しく身をよじった。固定するために玉緒の頭を抱えたぼくは、暴れる玉緒と一緒に川のほうへ落ちるのを感じた。

大きな岩が転がっていたのを思い出す。しかし、不安はなかった。どんなに傷ついても玉緒の体は再生するとアキから聞いている。ぼくの体は岩に当たれば砕けて、中の魂ごと消える。でもそのとき、ぼくの体に入っているのは玉緒の魂だ。

落下していくのを感じながら、ぼくは舌先の棘を玉緒の内部に押し込んだ。

強烈な力が、ぼくを引っ張った。

回転し、進み、視界が消える。向かう先に何か熱いものがいた。大きな大きな、強い塊だ。圧倒的な存在感を放ち、悶《もだ》えている。まるで命を持った巨大な花だ。真っ赤で、花弁が折り重なっている。これが玉緒の魂なのかと思うと、こんなに偉大なものがぼくの肉体と共に消滅しなければならない事実に愕然《がくぜん》となった。と同時に、喜びも感じた。玉緒の体で生きて行けば、今は矮小《わいしょう》なぼくの魂も、いずれこんなに美しいものに変化するのだろうか。

引っ張られる。

玉緒の魂に接近する。

もうすぐ擦れ違う。

ぼくは笑おうと思った。玉緒の肉体を手に入れたなら、最初に発するのは高らかな笑い声だ。そしてすぐに滝つぼへ行って、流れ落ちる水の中でアキと抱き合おう。

だが狂喜にとらわれたそのとき、ぼくは弾き返された。

玉緒の魂がどんどん遠ざかって行く。引っ張られていたのとは逆の方向へ、否応なく戻っていく。

混乱がぼくを揺らした。なぜ。どうして。入れ替わるはずなのに。こんな、ぼくの新しい器《うつわ》が遠ざかって。

このままでは、ぼくは。

「いやだ――！」

ぼくの叫びが、ぼく自身の耳に聞こえた直後。

背中を衝撃が襲った。

ごふっと音を立てて腹のあたりから血がせり上がり、口から噴き出した。血の感触に、肉体の生々しさを感じる。目を開ければすっかり暗くなった空と、空の手前に張り出した木の枝が見えた。

体の横で何かが動いた。

頭をそちらに向けようとしたが、言うことをきかない。

仕方なく目だけを動かすと、こちらを覗き込む男の顔が見えた。

顔の左半分が血に染まっている男。しかしその血まみれの顔のなかで、真新しい眼が見開かれていた。

「玉――」

もう眼球が再生したのか。混乱するぼくの胸は、その異形《いぎょう》の能力を勝手に称賛した。

高く、まろやかな音が聞こえた。何だろうと思ったぼくの視界に、笑いながらこちらに降りて来る女性の姿が映った。これはアキの笑い声か。いや、きっと幻聴だ。なぜならぼくは、彼女の期待に応えられなかったのだから。

「ごめん……」

アキはぼくに棘をくれた。それだけではない。彼女はぼくに、一緒に永遠を生きようと提案してくれた。ぼくの生きづらさ、限りある命であることへの憤りを見抜いて、ぼくをパートナーにしてくれると。そのために玉緒の肉体を乗っ取る術まで考えてくれたのに、ぼくは失敗してしまった。どうしてだろう？　ちゃんと皮膚を破ったと思ったのに、浅かったのか、それとも他の理由が……？

「だめなんだよ」玉緒が囁いた。ぼくの胸をどきりとさせるほど、その声は悲しげだった。「棘でおれを刺しても、魂は入れ替わらない」

「……え？　ど、して……」

「おれたち黒い爪の生き物の肉体を奪うには、本人が授けた棘で嚙まないとならないんだ。……わかるか？　本当におれの体を奪いたいんだったら、おれが棘を授けるまで待って、その棘でおれを嚙むしかなかったんだよ」

理解するのに、ずいぶんと長い時間がかかった気がする。

けれど玉緒に言われたことを脳が受けいれた瞬間、ぼくは掠《かす》れた声で叫んでいた。甲高《かんだか》い、自分の声とも思えない音があたりに響き渡り、滝の音と混じり合う。けれど叫び声はすぐに、ふたたび噴き出した血に堰《せ》き止められた。

笑い声がまた聞こえた。

こんどはすぐそばからだ。見ればぼくが倒れている岩のところまで、アキがたどり着いていた。

アキは笑顔だった。最高に楽しそうに。子供のようにぴょんぴょんと跳ねている。

「ア……」

「レイメイ」玉緒がもういちど、あの意味不明な言葉を呟いた。「おまえは、また、こんなことを――」

「だって楽しいんだもん」アキが答えた。

暁色の髪だからアキ。

レイメイ？

ああ、もしかしたら。

「黎明《れいめい》……」

暁の別の呼び名。

だけど、それが？

動けないぼくを、アキは覗き込んだ。そして服を脱ぎ始めた。

「邪魔しないでよ、玉緒さん。邪魔したらもういちど目潰しするからね」

そう言いながらブラウスのボタンを外し、スカートを足元に落とす。最後にブラウスの前を開けたとき、ぼくの心臓は凍りついた。

アキは男だった。

少年である。

化粧で操作できるのは年齢だけではなかったのだ。

ぼくの喉から、奇妙な音が漏れた。心臓が急激に弱っていくのを感じる。腹の内側は溢れた血でいっぱいだ。

だけどどうしても最後に伝えたかった。

アキは笑っている。すっかり暗くなった空の下、身をくねらせる少年の肢体は月の雫でできているかのようだ。完全に、完璧に、ぼくを嘲笑《あざわら》う。

「ア、……」

ぼくは呼びかけた。

どうやらぼくは君の遊びのネタだった。ぼくをからかって、永遠に生きられると囁いてから絶望させて楽しんだ。こんなことをアキは、もしかしたら黎明という名前であるかもしれない彼は、ずっと繰り返してきたのだろう。

でもね。

それがわかった今でも、ぼくは。君のことが。

「…………」

言葉の代わりに血が唇を濡らしたのが、ぼくに知覚できた最後の感覚だった。

＊

あたりは水音だけになった。

青年がこと切れると、裸の少年は笑うのをやめ、玉緒も身じろぎひとつしなかった。

どのくらいそうしていたかわからない。

なにげなく顔に触れた玉緒は、窪《くぼ》んで砕けた顔の皮膚と骨がすっかり元通りになっているのを感じた。

「寒くなってきちゃったな」衣擦《きぬず》れの音とともに少年が呟いたので、玉緒はそちらを見た。

ふたたび衣服を身に着けた少年は美しい女性にしか見えないだろう。ブラウスの襟元に飾ってあるブローチの位置を何度も確かめて、輝く真珠を玉緒のほうに向けている。

玉緒は血に濡れた髪をかき上げた。

「それ、撮ってるんだろう。止めろ」

少年は女性のように聞こえる声で笑った。よくよく注意をしてみると、真珠の横には小さなカメラアイがついていた。

「やだよ」ブローチの真珠を指さす。「玉緒さんはまだ手帳やノートに手書きなのかな。アナログだねえ、時代は進歩しているのに。映像で残しておいたほうが、あとから見ても楽しめるじゃないか」

「……おれの趣味じゃない」

唸って、玉緒は青年の遺体に目を落とした。

身を起こして膝をついている玉緒のすぐ横で、虚ろに目を開いたままの青年の体は冷たくなっている。器を失った魂は、とっくに蒸発していた。

「どうしてこんなことをするんだ」

「知っているでしょう。私の娯楽だよ」

「娯楽だったら――」

「ああ玉緒さん、それじゃ駄目だ」少年はゆっくりと言った。「私の娯楽は確かに同族を罠《わな》に嵌《は》めて楽しむこと。だけど、それだけじゃちょっと味気ない。人間だった頃に食べた料理の味を覚えている？　肉は肉だけじゃあんまりおいしくなかっただろう。味付けのための調味料があったほうが、より肉の味が引き立っていた。私にとってあなたは肉、巻き込まれて死んでいく人間は調味料だ。どちらも必要なのさ」

言うなり、少年は俯いている玉緒の頭に触れた。玉緒が身を引こうとすると首を摑んで引き寄せ、顔を近づけた。

顔にこびりついた血が舐め取られる。

玉緒は腕を振るったが、少年は軽やかに避けた。

「私たちは難儀だね。食べ物を味わえないぶん、心が楽しみを欲しがる。命は刺激がないと生きていけないんだとしたら、不死なんて結局は幻なのかな」

舌についた血を指に移して、少年は握り込んだ。

そのまま器用に岩をよじ登って行く。玉緒は反射的に腰を浮かしたが、右手の違和感に気づいて指先を見た。

ちぎれかけた指はまだ、石のように硬直している。

「じゃあ、またね。本当はずっとあなたのそばにいて、いたずらしていたい。そうできないのが残念でしょうがない。でも仕方がないよね。おなじことを延々と繰り返していたら、どんなに好きなことでもいずれ飽きてしまうもの。ずっとあなたで楽しみたいんだ。

もうあなたしか残ってないんだから。また何十年後か百年先か、数日あとかわからないけどあなたを探して会いに来る。だから、玉緒さん」途中で動きを止めて、少年は玉緒を見下ろした。「死なないでね。お願いだから」

玉緒は奥歯を食いしばった。おまえの願いなど聞けるかと言い返したかったが、その言葉の意味を思えば口にすることはできなかった。

少年はもういちど笑った。別れを惜しむような儚《はかな》い微笑みは、確かに彼の真意なのだろう。

「……黎明」

少年の姿が消えたあとで玉緒は呟いた。

黎明も暁も、どちらも夜明けを指す言葉だ。彼にしてやられるのは初めてではないのに、見抜けなかったのはまったくこちらの油断である。偽名を使うならもっと本名から離れた名前を名乗ればいいものだが、そうできない理由も玉緒にはわかっていた。

自分たちには名前くらいしか、本当に自分の持ち物だといえるものがない。

死んでいる青年に目を落とし、それから右手を見た。落ちかけていた指はようやく元の位置に戻り、動かしても痛みはなかった。

玉緒も岩肌を登って、来た道を引き返した。

少年の姿はすでに見当たらない。

しばらく歩いた。

明るい光が漏れる民家の窓を見つけたので、玉緒はそこで足を止めてシャツの胸ポケットを探った。

万年筆も手帳も無事だ。新しいページを開いて、ペン先を押し付けた。

そのまましばらく考える。

インクが滲み始めても、何も記せなかった。

この作品はフィクションです。実在の人物・団体・事件などには、いっさい関係ありません。

【引用元】
『ファウスト』　ゲーテ著　小西悟訳（本の泉社）
『思い出を売る男』　加藤道夫著　宝文館（年刊戯曲収録）
『銀河鉄道の夜』　宮沢賢治著（新潮文庫）

【参考文献】
『ファウスト』第一部、第二部　ゲーテ著　池内紀訳（集英社文庫ヘリテージシリーズ）
『ファウスト　ヨーロッパ的人間の原型』　小塩節著（講談社学術文庫）

一〇〇字書評

死者ノ棘　黎

切り取り線

購買動機（新聞、雑誌名を記入するか、あるいは○をつけてください）

□（　　　　　　　　　　）の広告を見て
□（　　　　　　　　　　）の書評を見て
□ 知人のすすめで　　□ タイトルに惹かれて
□ カバーが良かったから　　□ 内容が面白そうだから
□ 好きな作家だから　　□ 好きな分野の本だから

・最近、最も感銘を受けた作品名をお書き下さい

・あなたのお好きな作家名をお書き下さい

・その他、ご要望がありましたらお書き下さい

住所	〒				
氏名		職業		年齢	
Eメール	※携帯には配信できません		新刊情報等のメール配信を 希望する・しない		

この本の感想を、編集部までお寄せいただけたらありがたく存じます。今後の企画の参考にさせていただきます。Eメールでも結構です。

いただいた「一〇〇字書評」は、新聞・雑誌等に紹介させていただくことがあります。その場合はお礼として特製図書カードを差し上げます。

前ページの原稿用紙に書評をお書きの上、切り取り、左記までお送り下さい。宛先の住所は不要です。

なお、ご記入いただいたお名前、ご住所等は、書評紹介の事前了解、謝礼のお届けのためだけに利用し、そのほかの目的のために利用することはありません。

〒一〇一-八七〇一
祥伝社文庫編集長　坂口芳和
電話　〇三（三二六五）二〇八〇

祥伝社ホームページの「ブックレビュー」からも、書き込めます。
http://www.shodensha.co.jp/bookreview/

祥伝社文庫

死者《ししゃ》ノ棘《とげ》　黎《れい》

平成30年10月20日　初版第1刷発行

著　者　日野草《ひのそう》

発行者　辻　浩明

発行所　祥伝社《しょうでんしゃ》
東京都千代田区神田神保町3-3
〒101-8701
電話　03（3265）2081（販売部）
電話　03（3265）2080（編集部）
電話　03（3265）3622（業務部）
http://www.shodensha.co.jp/

印刷所　萩原印刷
製本所　ナショナル製本
カバーフォーマットデザイン　芥 陽子

Printed in Japan ©2018, Sou Hino ISBN978-4-396-34459-7 C0193

祥伝社文庫の好評既刊

日野草　**死者ノ棘《とげ》**

人の死期が視《み》えると言う謎の男・玉緒《たまお》。他人の肉体を奪い生き延びる術《すべ》があると持ちかけ……戦慄のダーク・ミステリー。

恩田陸　**不安な童話**

「あなたは母の生まれ変わり」――変死した天才画家の遺子から告げられた万由子。直後、彼女に奇妙な事件が。

恩田陸　**puzzle〈パズル〉**

無機質な廃墟の島で見つかった、奇妙な遺体！　事故？　殺人？　二人の検事が謎に挑む驚愕のミステリー。

恩田陸　**象と耳鳴り**

上品な婦人が唐突に語り始めた、象による殺人事件。彼女が少女時代に英国で遭遇したという奇怪な話の真相は？

恩田陸　**訪問者**

顔のない男、映画の謎、昔語りの秘密――。一風変わった人物が集まった嵐の山荘に死の影が忍び寄る……。

久美沙織　**いつか海に行ったね**

「おとーさんげんきですか。」――絵日記に描かれた大海原に、もう一人の少年が「嘘だ！」と噛みついた。そして！

祥伝社文庫の好評既刊

小池真理子　会いたかった人

中学時代の無二の親友と二十五年ぶりに再会……。喜びも束《つか》の間《ま》、その直後からなんとも言えない不安と恐怖が。

小池真理子　追いつめられて

優美には他人には言えない愉《たの》しみがあった。それは「万引」。ある日、いつにない極度の緊張と恐怖を感じ……。

小池真理子　蔵の中

半身不随の夫の世話の傍らで心を支えてくれた男の存在。秘めた恋の果てに罪を犯した女の、狂おしい心情！

小池真理子　新装版　間違われた女

一通の手紙が、新生活に心躍らせる女を恐怖の底に落とした。些細《ささい》な過ちが招いた悲劇とは――。

近藤史恵　カナリヤは眠れない

整体師が感じた新妻の底知れぬ暗い影の正体とは？　蔓延する現代病理をミステリアスに描く傑作、誕生！

近藤史恵　茨姫《いばらひめ》はたたかう

ストーカーの影に怯《おび》える梨花子《りかこ》。整体師合田力《ごうだりき》との出会いをきっかけに、初めて自分の意志で立ち上がる！

祥伝社文庫の好評既刊

近藤史恵　Shelter〈シェルター〉

心のシェルターを求めて出逢った恵といずみ。愛し合い傷つけ合う若者の心に染みいる異色のミステリー。

貴志祐介　ダークゾーン(上)

プロ棋士の卵・塚田《つかだ》。赤い異形《いぎょう》の戦士として闇の中で目覚める。突如謎の廃墟で開始される青い軍団との闘い。

貴志祐介　ダークゾーン(下)

意味も明かされぬまま異空間で続く壮絶な七番勝負。地獄のバトルの決着は？　解き明かされる驚愕の真相！

宇佐美まこと　入《い》らずの森

京極夏彦《きょうごくなつひこ》、千街晶之《せんがいあきゆき》、東雅夫《ひがしまさお》各氏太鼓判！　粘つく執念、底の見えない恐怖——すべては、その森から始まった。

宇佐美まこと　愚者《ぐしゃ》の毒

緑深い武蔵野、灰色の廃坑集落で仕組まれた陰惨な殺し……。ラスト1行まで震えが止まらない、衝撃のミステリ。

柴田よしき ほか　邪香草《じゃこうそう》

柴田よしき・高瀬美恵・森青花《もりせいか》・横森理香・近藤史恵・是方那穂子《これかたなほこ》・青木和《あおきかず》・山藍紫姫子《やまあいしきこ》・竹河聖《たけかわせい》

祥伝社文庫の好評既刊

篠田節子ほか
鬼瑠璃草《おにるりそう》
明野照葉・森福都《もりふくみやこ》・久美沙織・下川《しもかわ》香苗《かなえ》・瀬川《せがわ》ことび・髙橋《たかはし》ななを・森真沙子・前川麻子《まえかわあさこ》・篠田節子

岩井志麻子ほか
勿忘草《わすれなぐさ》
岩井志麻子・島村洋子・加門七海・田中雅美・図子慧《ずしけい》・森奈津子・永井するみ・加納朋子《かのうともこ》

高橋克彦ほか
万華鏡《まんげきょう》
身も凍る日常とは？
高橋克彦・小池真理子・乃南アサ・山《やま》崎光夫《ざきみつお》・森真沙子・久美沙織・竹河聖《たけかわせい》

菊地秀行ほか
舌づけ
菊地秀行・小林泰三《こばやしやすみ》・北川歩実《きたがわあゆみ》・山《やま》崎洋子《ざきようこ》・山田正紀《やまだまさき》・加門七海・赤江《あかえ》瀑《ばく》・乃南アサ

高橋克彦ほか
さむけ
高橋克彦・京極夏彦・多島斗志之《たじまとしゆき》・新津きよみ・倉阪鬼一郎《くらさかきいちろう》・山田宗樹《やまだむねき》・釣《つる》巻礼公《まきれいこう》・井上雅彦《いのうえまさひこ》・夢枕獏

高橋克彦ほか
ゆきどまり
高橋克彦・篠田真由美・新津きよみ・草上仁《くさかみじん》・牧野修《まきのおさむ》・伏見健二《ふしみけんじ》・森真沙子・小林泰三・唯川恵